Die Bierbrauer befanden sich im Streik. Kein Tropfen Bier in ganz Paris... Pulp wirkte wie zusammengesunken unter der Last der ausweglosen Situation...

Doris Leupold, Dez 05

... Sogar seine langen Tintenfischarme schienen kürzer geworden zu sein. Zerstreut warf er einen Blick in den Parisien ...

Der Artikel sprang ihm mit einiger Verzögerung ins Auge ...

WUNDERLICH TASCHENBUCH

Pascal Dessaint

PULP und die Opfer der Berge

Deutsch von Hans-Joachim Hartstein

Deutsche Erstausgabe
Veröffentlicht im Rowohlt Taschenbuch Verlag GmbH, Reinbek bei Hamburg, August 1998

Redaktion Juliane Kraus
Umschlaggestaltung Tandem Design
Bildseitengestaltung und Innentypografie
Karen Kollmetz & Daniel Sauthoff
Die Illustrationen auf dem Umschlag
und den Seiten 1–4 Copyright © 1998 by Roland Reznicek
Autorenfoto Copyright © by Éditions Baleine
Satz Le Cochin PostScript (PageOne)
Gesamtherstellung Clausen & Bosse, Leck
Printed in Germany
ISBN 3 499 26054 9

Für meine Patenkinder
Jérémy und Loïc Boulanger

1

PULP und die Opfer der Berge

Jean-Baptiste Puchol mochte Léo Ferré nicht: Er hatte die Sache verraten. Wenn Jean-Baptiste Puchol damals alt genug gewesen wäre, hätte er bestimmt zu denen gehört, die nach '68 bei seinen Konzerten Gift und Galle gespuckt hatten. Keine Stange Toblerone hätte er für das Gesamtwerk des Dichters und Sängers gegeben. Dichter! Pah … Daß er an einem 14. Juli den Löffel abgegeben hatte, stank ihm trotzdem ein wenig, genauso wie der Umstand, daß er seit einigen Stunden an ihn dachte. Das ließ nichts Gutes ahnen, er wußte es aus Erfahrung. Seit dem Tag, an dem er aus Paris fortgegangen war, um sich im Biros-Tal niederzulassen, war das stets der Vorbote einer Katastrophe gewesen. Früher hatte er mit Clara, seiner Ziege, darüber sprechen können. Jean-Baptiste hatte sie in der Nähe von Rennes gekauft. Clara hatte nur einen Euter, der andere war ihr abgetrennt worden, und sie war in den Ziegenhimmel eingegangen …

Am Ortseingang von Sentein drosselte Jean-Baptiste die Geschwindigkeit und fuhr langsam durchs Dorf. Zwei alte Männer auf einer Bank winkten ihm zu, doch er tat so, als sähe er sie nicht. Er fuhr noch ein paar Kilometer den Lez entlang, dann, kurz hinter dem Paß, dem «Col de Roux», auf der Höhe von Estoéou, bog er nach links ab.

Die Straße wurde immer schmaler, und sein Auto, ein alter Renault Dauphine, drohte in jeder Kurve den Geist aufzugeben. Jean-Baptiste brauchte eine Engelsgeduld, um jeden Tag wieder wohlbehalten in Laspe anzukommen, einer Ansammlung kleiner, halbverfallener Gebäude. Er hatte sie für ein Butterbrot erworben und für drei Butterbrote hergerichtet.

Jean-Baptiste schonte sein Auto und betrachtete die Landschaft. Sie war verdammt hübsch anzusehen. Der Berg war nie so schön wie im November. Es schien, als erteile er einem Anschauungsunterricht. Ja, der Berg ist schön, wie der Dichter sagte, der andere, den er ebenfalls nicht übermäßig ins Herz geschlossen hatte. Ferrat/Ferré, geradezu deprimierend. Eigentlich haßte Jean-Baptiste alles, was mit Eisen, *ferrum*, zu tun hatte. Und wenn er aus seinem Paris fortgegangen war, dann deshalb, weil er den Eiffelturm nicht mehr ausstehen konnte. Die Dauphine war das einzige Zugeständnis. Wenn er an all die Schlachten dachte, die er hier in der Gegend geschlagen hatte, mußte er lächeln.

Er lächelte auch über seine anfängliche Naivität und die ersten Enttäuschungen, als er darauf verzichtet hatte, dem Wintersportort Guzet-Neige Sand ins Getriebe zu streuen, wie man so schön sagt. Er erinnerte sich, wie er ganze Nächte hindurch, mit Stirnlampe und Schaufel bewaffnet, zentnerweise Salz aus Guérande auf die schneebedeckten Hänge verteilt hatte, ohne sichtbaren Erfolg, offen gesagt. Aber wenigstens hatte er etwas für seine Muskeln getan. Allerdings war Salz, aus Guérande oder sonstwoher, nicht gut für die Biomasse. Clara jedenfalls hatte sich darüber halb totgelacht.

Mit nichts als zwanzig Jahren im Gepäck ... Scheiße,

da überkam es ihn wieder. Jean-Baptiste konnte nichts dagegen machen. Seit dem Abend, an dem Clara gestorben war, hatte er nie mehr so intensiv an Ferré gedacht. Ferré gleich drohende Gefahr. Jean-Baptiste bekam es langsam mit der Angst zu tun. Er ging in die letzte Kurve und sah nicht ohne Furcht den Weiler daliegen, dessen einziger Bewohner er war. Er parkte die Dauphine direkt neben dem Schuppen und stellte den Motor ab. Das Wetter war jäh umgeschlagen, und allmählich brach die Nacht herein. Es würde eine mondlose Nacht werden. Die Wolken schlangen sich wie Schals aus grauer Watte um die Hänge. Es sah nach Regen aus; es regnete. Es würde eine tintenschwarze Nacht werden; sie wurde tintenschwarz.

Jean-Baptiste blieb hinter dem Steuer seiner Dauphine sitzen. Nervös trommelte er mit den Fingern, die Temperatur war um ein paar Grad gefallen, auf seiner Stirn stand eiskalter Schweiß. Er mußte jetzt den Tatsachen ins Auge sehen: Sein Hund war ihm nicht entgegengelaufen. Sein Hund hatte keinen Namen. Wenn man ihn taufte, hatte er gemeint, brächte es Unglück. Jean-Baptiste nannte ihn ganz einfach «Hund». Der hatte ein feines Gehör, und sobald er die Dauphine an der Steigung keuchen hörte, rannte er ihm freudig entgegen. Jean-Baptiste öffnete dann immer die Wagentür, und der Hund sprang ihm auf die Knie und leckte ihm den Hals ab.

Durch das offene Seitenfenster rief Jean-Baptiste verstört in die Nacht hinaus: «Hund ... Hund ...» Keine Antwort. Im selben Moment glaubte er eine riesenhafte Gestalt hinter der Scheune am Steilhang verschwinden zu sehen. Man mußte behend wie eine Gemse sein, um sich dort hinunterzuwagen. Selbst mit einer Taschenlampe hätte es sich ein Mann zweimal überlegt, das Wagnis einzugehen. Jean-Baptiste drückte sein Gesicht gegen die Windschutzscheibe, doch die Gestalt war längst verschwunden. Oder aber sie hatte überhaupt nicht existiert. Auch war ihm kein so mächtiges Tier bekannt. Gewiß, seine Phantasie ging häufig mit ihm durch, jedoch nicht in den Nächten, in denen ihm der eine seiner beiden Revolutionäre im Kopf herumspukte ...

Keine Panik, mein Junge, keine Panik, mußt du etwa sterben, nur weil du Ferré haßt? Die Antwort lautete: Nein. Und dennoch, als Jean-Baptiste den Zündschlüssel wieder herumdrehte, um den Rückzug anzutreten und die Nacht im Tal zu verbringen, wollte die Dauphine nichts davon wissen. Er hatte ihr zuviel abverlangt, sie war fix und fertig, wie er selbst.

Jean-Baptiste ließ noch ein paar Minuten verstreichen. Dann atmete er tief durch, öffnete die Wagentür, setzte einen Fuß auf den Boden, dann den anderen. Zehn Meter, nicht mehr, trennten ihn von der Tür des Schuppens.

Der Lez weiter unterhalb schluckte sogar das Geräusch seiner Schritte, bis er plötzlich rechts neben sich ein Knurren vernahm. «Hund?» Das Knurren wuchs sich zu einem Brüllen aus, und Jean-Baptiste überkam ein Gefühl, als ob ihm der Boden unter den Füßen weggezogen würde. Er hätte wegrennen sollen, doch er blieb wie angewurzelt stehen. Er schluckte seinen Speichel hinunter, spürte einen heißen Atem im Nacken. Langsam drehte Jean-Baptiste sich um und sah ... Nun, viel sah er nicht, genug jedoch, um zuzugeben, daß selbst Ferrés Werk ein Grund war, länger am Leben zu bleiben.

Gérard war am Boden zerstört. So etwas hatte es im *Pied de Porc à la Sainte-Scolasse* seit Menschengedenken nicht gegeben: Die Bierbrauer befanden sich im Streik. Kein Tropfen Bier im gesamten Arrondissement, in ganz Paris! Maria setzte ihm noch zusätzlich zu:

«Du mußt welches auftreiben, Gérard! Stell dir bloß vor, wenn Gabriel schlecht drauf ist, dann gibt es dicke Luft, da kannst du sicher sein ...»

«Du küßt ihn zur Abwechslung mal auf den Mund, dann wird er schon kein Theater machen ...»

Maria war knallrot geworden, nicht weil sie Katalanin, sondern weil Gabriel Lecouvreur, genannt der Pulp, ihr nicht gleichgültig war.

Wenn es nur die Bierbrauer gewesen wären! Alle hatten sie mitgemacht. Gewiß, seit zwei Tagen hatte sich die Lage wieder beruhigt, die Lkw-Fahrer hatten die Hauptverkehrsstraßen freigegeben, und so langsam wurde die Post wieder zugestellt. Aber Bier gab es weiterhin keins, eher hätte man im Schweinsfuß in Gelee mit dunkler Sauce, Gérards Spezialität, Whisky finden können. Mürrisch blickte Gérard vor sich hin, vor allem weil der Umsatz durch den ganzen Mist zum Teufel ging. Heute mittag, zum Beispiel, rechnete er mit nicht mehr als zehn Gedecken, damit ging man geschäftlich übern Jordan oder über die Orne – das Flüßchen, an dem er geboren war.

«Und Gérard, was ist, wenn Gabriel erst zum Aperitif kommt und schon lange gefrühstückt hat? Was soll er dann bestellen, hm?»

«Maria, bitte, sag Vlad, er soll mit dem Hund rausgehen und sich dann in der Küche nützlich machen, und überlaß alles weitere mir, ich hab schon schlimmere Krisen gemeistert ...»

Dabei schielte Gérard ununterbrochen zur Uhr hin. Es ging auf halb zwölf zu. Außer seinem allmorgendlichen doppelten Espresso trank Gabriel in Gérards Kneipe nur Bier. Im Grunde wußte Gérard nicht, wovor er sich mehr fürchtete: davor, ernsthaft Krach mit ihm zu bekommen – oder ihn enttäuschen zu müssen.

In seiner Not hatte Gérard eine Strategie entwikkelt, die zwar vom Zufall abhing, ihn aber nichtsdestoweniger beruhigte. Er hatte Vorbereitungen getroffen. Auf dem Tisch, an dem Pulp gewöhnlich saß, lag der *Parisien*, aufgeschlagen auf der Seite mit den Vermischten Nachrichten; lediglich sein Kaffee und seine drei Butterbrote mußten ihm noch serviert werden. Gérard hatte zwei alten Stammkunden, Teppichverkäufern aus dem Kaufhaus an der Rue de Charonne, eine Runde spendiert, und obwohl auch sie eingefleischte Biertrinker waren und deshalb große Stücke auf Gabriel hielten, hatten sie sich als Gegenleistung dafür bereit erklärt, ihn gegebenenfalls abzulenken.

Gérard hielt plötzlich den Atem an, die beiden Teppichverkäufer Charles und Hervé ebenfalls, Schuhsohlen scharrten im Sägemehl auf dem Boden. Gabriel war im Begriff, die Avenue Ledru-Rollin zu überqueren.

Man hatte nicht den Eindruck, daß Gabriel heute seine fast zwei Meter maß, er wirkte wie zusammengesunken unter der Last einer ausweglosen Situation, was jeden, der ihn kannte, erstaunt hätte. Sogar seine Arme schienen kürzer geworden zu sein, lange Tintenfischarme, die böse Zungen zu der Bemerkung veranlaßten, er müsse sich nicht bücken, um sich die Zehnägel zu schneiden.

Wortlos setzte sich Gabriel an seinen Tisch. Gérard gab den Teppichverkäufern ein Zeichen. Prompt legte Charles los:

«He! Pulp! Gerade haben wir uns gefragt, Hervé und ich ...»

«Einen doppelten Espresso, Gabriel, wie üblich?» fragte Gérard vorsichtig.

«Ja, aber keine Sandwiches, ich hab keinen Hunger», brummte Gabriel.

Gérard stieß einen Seufzer der Erleichterung aus.

«Also», begann Charles wieder, «folgendes, wir fragen uns, Hervé und ich, ob es der oder das Tentakel heißt ...»

«Die Tentakeln. Man sagt ja auch die Eier, aber der Sack.»

Maria trat aus der Küche. Mit pflichtbewußter Entschlossenheit ging sie zu Gabriel an den Tisch, beugte sich hinunter und drückte ihm einen scheuen Kuß auf die Lippen. Mit derselben Beflissenheit durchquerte Gérard im Sturmschritt das Lokal, um ihm den Kaffee zu servieren. Auf halbem Wege bedeutete er Maria, die wieder zu ihrer Arbeit zurückkehrte, daß sie trotz allem nicht zu übertreiben brauche.

«Was ist los mit euch?» schnauzte Pulp.

«Das sollte man eher dich fragen, dir ist wohl 'ne Laus über die Leber gelaufen ...»

«Cheryl hat mich in die Wüste geschickt, es sei nur für ein paar Tage, behauptet sie, aber Herrgott noch mal ... Für wen ich mich eigentlich hielte, sie habe die Schnauze voll, sie lasse es sich nicht mehr länger gefallen, daß ich ständig auf Achse sei und sie als Durchgangsstation benutze …»

«Armer, armer Gaby …»

«Gérard, das ist jetzt nicht …»

«Entschuldige …»

«Cheryl hat zu mir gesagt: ‹Ich liebe dich, Gabriel, aber du bist zu häufig weg, jetzt bin ich mal dran, ciao …»

«Die Frauen werden uns nie verstehen …»

«Da hast du ausnahmsweise mal recht.»

Gabriel nippte an seinem Kaffee. Gérard ging wieder hinter die Theke und spendierte den beiden Teppichverkäufern für die geleisteten Dienste eine weitere Runde.

Zerstreut warf Gabriel einen Blick in den *Parisien*, während Léon, der deutsche Schäferhund des Hauses, sich zu seinen Füßen niederließ. Es gehörte nicht zu Gabriels Gewohnheiten, sich mit Hunden anzufreunden, aber aus einem Gefühl der Verbundenheit heraus langte er mit dem Arm unter den Tisch, um das Tier am Kinn zu kraulen, was jemand anderem als ihm nicht mit so großer Leichtigkeit gelungen wäre. Gleichzeitig überflog er die Seite mit den Vermischten Nachrichten, dagegen war er machtlos. Gabriel wohnte im Hotel, nie in demselben, und das gab ihm das Gefühl, frei zu sein. Was er auch tatsächlich war, vorausgesetzt, er konnte seine Klamotten bei Cheryl unterstellen, wenn er mal wieder von der Bildfläche verschwand. Jetzt wurde er auf sein widersprüchliches Verhalten gestoßen, und wahrscheinlich war es genau das, was Cheryl wollte. Der *Parisien* brannte ihm in den Augen. Und wenn er nun plötzlich wieder jenes so charakteristische Stechen hinter dem Augapfel verspüren würde, was sollte er dann tun? Pulp fühlte sich in die Enge getrieben.

Der Artikel sprang ihm mit einiger Verzögerung ins Auge. Ein fünfunddreißigjähriger Mann war in einer abgelegenen Gegend eines gewaltsamen Todes gestorben.

Gérard putzte die Theke blank und beobachtete dabei Gabriel. Er begriff auf der Stelle. Nicht nötig, daß der andere den Mund auftat. Wenn bei Gabriel etwas zu Ende war, fing etwas anderes an, egal, unter welchen Umständen.

«Wo ist das, der Couserans?»

«Eine gottverlassene Gegend», brummte Gérard, den die Aussicht auf eine weitere Dezimierung seiner Gäste ganz und gar nicht begeisterte.

«Wie an der Orne?»

«Wenn du Streit suchst, Gabriel, kannst du ihn kriegen ... Du willst wieder fort, stimmt's?»

«Hast du was dagegen?»

«Hm ... Die sind nicht wie wir, da unten, da geht es leise zu, die Leute reden nicht viel, und wenn, dann in einem singenden Tonfall, der nach regennassen Felsen duftet ... Der Couserans liegt im Departement Ariège, nicht gerade vor der Tür ... Was ist denn da passiert?»

«Ein Mann ist gestorben.»

«Täglich sterben welche, deswegen braucht man nicht gleich Berge versetzen zu wollen ...»

«Genau in den Bergen ist es passiert.»

Gérard seufzte. Sollte er in den nächsten Tagen eine Ansichtskarte aus den Pyrenäen erhalten, würde ihn das nicht wundern. Er spielte den Beleidigten, doch im Grunde war er beruhigt, daß Gabriel die Dinge gewissermaßen auf die leichte Schulter nahm.

«Und woran ist er gestorben, der Mann?»

«Er wurde ein paar Schritte von seiner Haustür gefunden, in Stücke gerissen, allem Anschein nach hat eine Riesenpranke seinen Kopf zerschmettert. Im Umkreis von zwei Metern war Hirnmasse verspritzt, seine eigene Mutter hätte ihn nicht wiedererkannt, und sie wird ihn auch nicht wiedererkennen. Nur ein Bär kann so etwas getan haben ...»

«Ein gräßliches Tier, so ein Bär ...»

«Der Haken ist nur, daß Bären keine Menschen anfallen, es sei denn, der Mensch rückt ihnen zu dicht auf den Pelz ...»

«Was du nicht sagst, Gabriel!»

«Ein Freund von mir», mischte sich Charles, der Teppichverkäufer, ein, «der sagt, wenn du von einem Bären angefallen wirst, dann mußt du ihm an die Eier packen, und er läßt los ...»

«Die mußt du erst mal finden, die Eier», entgegnete Gabriel finster.

«Da hast du's ja leicht, bei deinen langen Armen», scherzte Gérard.

Gabriel überhörte seine Bemerkung.

«Soviel ich weiß», fuhr er leise fort, «gibt es seit einer Ewigkeit keine Bären mehr in der Ariège ...»

«Woher willst du das wissen? In den Alpen hat man sogar wieder Wölfe gesehen, im Mercantour, glaub ich. Und wenn es kein Bär war, was war es dann?»

Gabriel legte ein paar Münzen auf den Resopaltisch, das Geld für seinen doppelten Espresso plus ein großzügiges Trinkgeld. Er winkte Gérard zu sich heran.

«Hör mal, Gérard, ich muß dich um einen Gefallen bitten ...»

Gérard betete innerlich: ‹Lieber Gott! Mach, daß er kein Bier von mir will!›

«Was möchtest du, Gabriel?»

«Könnte ich für ein paar Tage meine Sachen bei dir lassen?»

3

Pulp und die Opfer der Berge

Der Flugplatz von Moisselles lag verlassen da. Man hätte eine Fliege fliegen hören können, das wenigste, was man von einem solchen Ort erwarten konnte. Gabriel betrat den Hangar, in der dieselbe Untätigkeit herrschte. Absolute Stille, abgesehen von einem leisen Schnarchen.

Gabriel schenkte der «Polikarpov» einen zärtlichen Blick. Die dicke Schnauze wölbte sich unter der Plane, die das Flugzeug vor Staub schützte, ein Lichtstrahl ließ den Propeller blitzen.

Gabriel hatte die alte Mühle in einer Scheune in der Nähe von Lérida aufgetrieben. In Spanien ein Symbol für den Willen der Republikaner, sich nicht unter das faschistische Joch zu beugen, war diese Maschine für Gabriel wie ein Traum, das Versprechen auf eine Sehnsucht. Da sie sowjetischer Bauart war, konnte man vergessen, an Originalersatzteile heranzukommen, um das Ding in den Himmel zu kriegen. Gabriel hatte aber doch noch Hoffnung, eine Hoffnung, die auf den Fähigkeiten Raymonds basierte, eines Mechanikers alter Schule, eines genialen Mechanikers, der in der Lage war, das Irreparable zu reparieren, worunter nur seine Bescheidenheit litt. Goldhändchen Raymond wäre tatsächlich fähig gewesen, einen einfachen Tretroller in ein prächtiges Motorrad zu verwandeln, sobald er was von klingender Münze hörte. Was Kohle anging, kannte Raymond keine Gnade, und das trieb Gabriel an, bei jeder Sache auch für sich was rauszuschlagen, sofern sich die Gelegenheit dazu bot.

Gabriel spürte die Quelle des Schnarchgeräuschs auf. Er machte ein paar Schritte auf die «Polikarpov» zu und hämmerte mit der Faust gegen den Rumpf. Aus dem Cockpit knurrte es:

«Könnte es sein, daß du gegen das Streikrecht bist?»

«Mitnichten!»

«Raymond streikt! Raymond ist kein Streikbrecher ...»

«Raymond ist ein Militanter», bekräftigte Gabriel.

«Das Volk ist auf der Straße!»

«Und die KP hält sich bedeckt ...»

«Tja, die Zeiten eines Maurice Thorez sind vorbei!»

«Weißt du, daß Marchais sich auf dem Père-Lachaise ein Grab reserviert hat? Ganz in der Nähe von Eluard, rund zweihundert Meter von der Mauer, vor der die Kommunarden erschossen wurden. Alles ist bereit, er muß nur noch sterben.»

«Ich seh den Zusammenhang nicht.»

Gabriel schwenkte seine Karte vom Couserans, Maßstab 1:50000. Das Couserans-Tal, lag das nicht fünf Kilometer Luftlinie von der spanischen Grenze entfernt? Für seine geliebte Flugmaschine wäre das wie eine Rückkehr zu den Ursprüngen.

4

Gabriel hatte sich nach der Zugverbindung erkundigt, sie war beschissen. Bis Toulouse ging es ja noch, aber dann mußte man den Bus nach Saint-Girons nehmen, und von da an wurde es wirklich problematisch. Gabriel hatte nicht vor, sich vor Ort einen Wagen zu mieten. Er wollte den Naturmenschen spielen, von A bis Z, einen Typen, der jede Menge frische Luft braucht und zehn Jahre verschiedenster Gifte sowie Kohlenmonoxyd auslöschen will. Für alle Fälle hatte Pedro ihm ein Empfehlungsschreiben mit dem Briefkopf des Pariser Naturkundemuseums verschafft, gefälscht natürlich, genauso wie die verschiedenen Ausweise, die er auf seinen Reisen stets bei sich trug. Gabriel hatte sich noch nicht festgelegt. Keinesfalls jedoch würde er in mehrere Identitäten schlüpfen können. Das Gebirge ist weitläufig, seine Bewohner aber sind nicht sehr zahlreich, Neuigkeiten verbreiten sich mit der Geschwindigkeit eines Wildbaches. Er würde sich ein Verhaltensmuster zurechtlegen und sich daran halten müssen.

«Raymond, ich brauche mein Flugzeug.»

«Du glaubst wohl an den Weihnachtsmann.»

«Ich muß eine weite Reise machen, und mit der Polikarpov wäre es nicht so umständlich.»

«Du hast nicht mal deinen Flugschein, und sie ist noch nicht fit, du müßtest mal wieder was springen lassen. Außerdem befinde ich mich im Ausstand …»

«Du könntest mich über dem Couserans abspringen lassen.»

Die Erwähnung dieses Tals schien Raymonds Interesse zu wecken, er streckte den Kopf aus dem Cockpit.

«Du willst in die Ariège?»

«Du kennst die Ariège?»

«Auch wenn es den Naturfreunden nicht gefällt, für die ja Grün das höchste aller Gefühle ist: Die Ariège ist rot. Dort ist man zuerst Republikaner und dann Mensch! Bei jeder Wahl gewinnt die Linke haushoch, eine wunderbare Gegend! Wenn man da unten überhaupt in die Schule geht, dann in die *Schule der Republik*, so steht es ganz groß auf den Mauern ...»

Gabriel spürte, wie ihm ein Schauer über den Rükken lief. Daran merkte er, daß sein Instinkt ihn nicht getäuscht hatte. Gabriel kehrte auf den Kriegspfad zurück, zu seinem Krieg, den er sich schuldig war im Namen aller freien Menschen. Gabriel handelte auf eigene Faust und Rechnung, gab sich aber manchmal dem Gefühl hin, damit dem Allgemeinwohl zu dienen. Er war so etwas wie die Salbe für die kranke Welt, eine Geißel aller Heuchelei. Seine Bestimmung war jedoch von keinerlei Moral belastet. *‹Was einen an der Moral so stört›*, sagte Ferré, *‹ist, daß sie immer die Moral der anderen ist.›*

«Bethmale, Biros», fuhr Raymond fort, «und wenn ich den Couserans dazuzähle, dann sind das drei fast völlig abgeschlossene Täler in einem Departement, das an sich schon ziemlich abgeschlossen ist.»

«Würde dein Status als Streikender es dir eventuell erlauben, mir ein Bier anzubieten, Raymond?»

«Wie? Das weißt du nicht? Die Brauer sind ebenfalls im Ausstand!»

Diese Streikenden konnten einem wirklich auf die Nerven gehen. Pulp ballte die großen Fäuste am Ende der langen Arme.

5

PULP und die Opfer der Berge

Da von der Gare Montparnasse kein TGV abfuhr, mußte Gabriel sich zur Gare d'Austerlitz bemühen. Der Schienenverkehr normalisierte sich erst allmählich, und im Laufe des Vormittags fuhr nur ein Zug in Richtung Süden, Toulouse. Um ein Haar hätte Gabriel ihn verpaßt. Er hatte sämtliche Geschäfte im 11. Arrondissement abgeklappert. Es herrschte allgemeine Lebensmittelknappheit, die Regale blieben leer. Gabriel hatte gedacht, man spiele ihm einen üblen Streich. Pedro sagte immer, daß man eine Reise nie ohne Kekse antreten solle, und Gabriel korrigierte ihn: nie ohne Kekse und nie ohne Bier! Ein Typ in der Rue de la Roquette hatte ihm freundlicherweise einen Sechserpack *Desperados Tequila Beer* angeboten. Gabriel hatte das Gesicht verzogen. Tequila in den Gerstensaft zu kippen war eine Beleidigung. So etwas kam für Pulp nicht in Frage. Lieber krepieren …

Bis Châteauroux döste Gabriel vor sich hin, dann inspizierte er seine Wanderausrüstung. Um Platz zu sparen, hatte er nur ein Paar Schuhe mitgenommen, gute Bergsteigerschuhe, ganz aus Leder, mit Vibram-Sohle; seine Füße sahen darin aus wie die eines Riesen, und er war noch mindestens fünf Zentimeter größer. In seinem Rucksack befanden sich ein Daunenschlafsack für Temperaturen bis zu −15 °C, eine Thermosflasche, eine Goretex-Jacke, ein Fleece-Shirt, Slips und Socken, eine Jeans und ein Hemd zum Wechseln, ein Fernglas, Heftpflaster, Streichhölzer und ein vielfältig bestücktes Taschenmesser. Eine Waffe hatte Pedro ihm nicht besorgt, aus dem einfachen Grund, weil Gabriel ihn nicht darum gebeten hatte. Er konnte sich schlecht vorstellen, bei seiner Operation «Freibeuter» eine Maschinenpistole mit sich herumzuschleppen. Und einen Bären, dachte Gabriel, konnte man wohl kaum mit etwas anderem als solch einem Gerät abknallen; und da er andererseits nicht daran glaubte, daß es diesen Bären überhaupt gab …

Bei Brive holte Gabriel sein Buch heraus. Er nahm immer eins mit, um die tote Zeit auszufüllen. Er hatte zwischen *Die Liebe ist ein Höllenhund* von Charles Bukowski und *Der weibliche Mechanismus* von Louis Calaferte geschwankt. Schließlich hatte er sich für *Der weibliche Mechanismus* entschieden, vielleicht konnte er noch etwas lernen. Er las:

Ich möchte, daß du mich eines Tages bittest, dir keine Lust mehr zu bereiten.

Wo Cheryl sich in diesem Moment wohl aufhielt? Mit wem war sie zusammen? Hatte sie ohne ihn ihren Spaß? Zwischen ihnen würde die Freundschaft immer stärker sein als die Liebe. Das ersparte die üblichen Probleme und verlieh dem Leben Würze. Dennoch schlug Gabriel die Trennung auf den Magen. Cheryl hatte ihm oft aus Schwierigkeiten herausgeholfen. Sie und nur sie wußte, was zu tun war, wenn er in der Klemme steckte. Diesmal würde er sich auf niemanden verlassen können.

Ein Gedanke ergab den anderen, und bei Cahors fühlte sich Pulp ziemlich allein; allein und melancholisch. Wenn Jean-Baptiste Puchol sich wenigstens im Mercantour hätte zerfetzen lassen, dann hätte Gabriel seine Brüder, die Wölfe, besuchen können und sich weniger einsam gefühlt.

Bei Montauban dachte Gabriel wieder an Jean-

Baptiste Puchol. Aus dem Artikel im *Parisien* hatte er nicht viel erfahren. Puchol hatte Paris Mitte der achtziger Jahre verlassen, um in den Bergen zu leben. Im Jahr 2000 wäre er vierzig geworden. Pulp war im selben Alter, er stand in der Blüte seines Lebens.

In Toulouse verpaßte Pulp den Bus nach Saint-Girons. Er kaufte die neueste Ausgabe des *Pyrénées Magazine*, die einen Bericht über Bären brachte («Bärenjunges im Béarn geboren, ein Hoffnungsschimmer»), und nahm ein Hotelzimmer nicht weit vom Bahnhof. Vor dem Einschlafen rief er im *Pied de Porc à la Sainte-Scolasse* an. Sobald Gérard sich meldete, sagte er ohne Einleitung:

«Gérard! Ich fühle mich einsam, einsam und melancholisch ...»

«Wo steckst du? Ich versteh dich schlecht! In der Leitung knackt's ...»

«Im Mercantour, bei meinen Brüdern, den Wölfen ...»

«Also, geizig bist du in letzter Zeit überhaupt nicht, was Vertraulichkeiten anbelangt!»

Pulp legte auf.a

6

PULP und die Opfer der Berge

Am späten Vormittag des nächsten Tages brachte der Bus Gabriel nach Saint-Girons. Er setzte sich seine «Kampfmütze» auf, wuchtete sich seinen Rucksack auf die Schultern und begab sich auf den Weg ins Biros-Tal.

Moulis, Engomer, Castillon-en-Couserans, den halben Weg legte er auf Schusters Rappen zurück. Am Ortseingang von Les Bordes-sur-Lez stellte er den Rucksack neben der Straße ab und hielt den Daumen raus. Der Himmel war klar und blau, die Temperatur mild, wenn auch allmählich kühler. Die Landschaft war schön, auch angesichts ihres gewaltigen Ausmaßes fühlte Gabriel sich nicht eingeengt. Er atmete tief ein, die frische Luft kitzelte angenehm seine Lungenflügel.

Gabriel kümmerte sich wenig um die Autos, die vorbeifuhren, ohne ihn zu beachten. Geduldig wartete er darauf, daß eins bereit sein würde anzuhalten.

Ungläubig beobachtete er, wie der antiquarische, mausgraue 4 CV bremste, um auf dem Seitenstreifen zu halten. Amüsiert beugte er sich hinunter und sah den Mann hinter dem Steuer, der ihn mit einer Handbewegung zum Einsteigen aufforderte. Gabriel warf seinen Rucksack auf die hintere Sitzbank und klemmte sich, so gut es ging, auf den Beifahrersitz. Sosehr er sich auch zusammenkrümmte, er kauerte in fast anormaler Haltung auf seinem Platz.

«Halten Sie Ihren Arm nach draußen», sagte der Alte lachend, «dann haben wir mehr Platz, und wenn ich nach rechts abbiegen muß, bewegen Sie ihn auf und ab, mein Blinker ist kaputt ...»

Der Mann war weit über sechzig, hatte hochrote Wangen und funkelnde Augen. Er ließ den Motor wieder an, der 4 CV heulte auf, als würde er aus dem letzten Loch pfeifen.

«Einzelradaufhängung, Spiralfedern, Stoßdämpfer und Bremsen hydraulisch, Zahnstangenlenkung, kurz gesagt, ein gutes altes Automobil, wie es heutzutage gar nicht mehr gebaut wird.»

Der 4 CV erreichte seine Höchstgeschwindigkeit von 20 km/h, da blieb genügend Zeit, um die Wiesen rechts und links des Lez zu betrachten und mit den vereinzelt dort weidenden Kühen eine stumme Unterhaltung zu führen. Gabriel, der den Autostop immer als die beste Möglichkeit angesehen hatte, Bekanntschaften zu schließen, sagte sich nun, daß es vielleicht an der Zeit sei, seine persönlichen kleinen Probleme beiseite zu schieben und zu ernsthaften Dingen überzugehen.

«Hübsche Gegend hier ...»

«Jaha, aber dieses Tal, das ist ein bißchen wie ein Schlüsselloch zum Nichts ... Die Fabrik hat uns etwas Reichtum gebracht, die Gegend ist auch nicht mehr so unbekannt seitdem, aber das hat nicht lange angehalten. Als es sich nicht mehr lohnte, haben sie sich wieder verdrückt ...»

«Was für eine Fabrik?»

«Zink, der Berg auf dieser Seite sieht aus wie 'n Schweizer Käse. Die sind abgehauen, ohne die Fabrik zu demontieren, daran können Sie so ungefähr sehen, wie wenig Rücksicht man auf uns nimmt! Man kann uns alles vor die Nase setzen, sogar eine Fabrik. Weder ‹danke› noch ‹leck mich›, und jetzt haben wir das Ding am Hals ...»

Ganz ohne Zorn stellte er die Tatsachen dar, so als machte er sich zum Echo einer von allen geteilten Resignation.

«Kalt?»

«Nein, überhaupt nicht ...»

«Ich meine Ihren Arm da draußen ... Könnten Sie die Windschutzscheibe saubermachen, wenn ich Ihnen einen Lappen gebe?»

Als Gabriel ihm den Gefallen getan hatte, stieß der Alte einen Freudenschrei aus.

«Viel besser, vielen Dank! ... Ach ja! Da hab ich geglaubt, wegen dieser Sache würden ein paar Leute bei uns aufkreuzen, aber denkste. Nicht mal einer von *La Dépêche* … Na ja, vielleicht der Streik …»

«Welche Sache?»

«Ach, Sie haben nichts davon gehört? Eine gräßliche Geschichte, ein Spinner hat sich von einem Bären fressen lassen …»

«Ich dachte, hier gibt's keine Bären mehr?»

«Eben … Das mußte ja so kommen, genau wie mit dem anderen Kerl, am Tunnel von Somport. Da wird's bald krachen, weit weg von hier, aber ich fürchte, und da bin ich nicht der einzige, daß solche Blödmänner uns auch unser Biros-Tal kaputtmachen wollen, an seinen Namen kann ich mich nicht mehr erinnern, Petitrain oder so ähnlich …»

«Pétetin …»

«Sie kennen ihn?»

Der Alte war plötzlich mißtrauisch geworden. Argwohn lag in seinem Blick, seine Augenbrauen wurden Spitzbögen.

«Nein, aber sein Name kursiert …»

«Solche Typen sollte man einsperren.»

Bornac, Sentein, die Straße schlängelte sich nach besten Kräften, und der 4 CV mühte sich die Steigung hinauf. Die Tachonadel zeigte auf 15 km/h. Mit seinen langen Beinen hätte Gabriel ihm die Schau stehlen können.

«Er ist nicht von hier?»

«Der Spinner? Aus Paris … wie Sie, nehme ich an … Ferien?»

Gabriel sagte sich, daß er achtgeben müsse.

«Wissenschaftliche Untersuchungen, ich komme vom Naturkundemuseum und will die Gemsen studieren, genauer gesagt, den Streß der Gemsen während der Jagdsaison …»

«Gams, in den Pyrenäen sagt man Gams, *Rupicapra rupicapra pyrenaica* … Hätten Sie mir gesagt, Sie wollten die Bärenpopulation im Couserans untersuchen, hätte ich es Ihnen nicht abgenommen …»

Gut gemacht, Pulp, viel hätte nicht gefehlt, und man hätte ihn bei einer Lüge ertappt, gleich als er die Arena betrat. Jedenfalls war der alte Knabe weniger zurückgeblieben, als es sein Fortbewegungsmittel vermuten ließ. Er verstand es, einem die Würmer aus der Nase zu ziehen, Gabriel mußte sich vorsehen. Man kann ein Bündel Heu in die Scheune bringen, aber nicht umgekehrt.

In regelmäßigen Abständen wurde der 4 CV von größeren und moderneren Autos überholt. Der Alte winkte jedesmal den anderen Fahrern kurz zu.

«Ich habe mehr als vierzig Jahre in diesem Tal praktiziert», fuhr der Alte fort, «hier und da übernehme ich noch kleinere Aufgaben … Ich war bei der Geburt sämtlicher Kühe hier in der Gegend dabei. Übrigens, Gaston Peyrotet, Veterinär im Ruhestand.»

«Serge Vandamne, vom Naturkundemuseum in Paris.»

«Sie kommen gerade rechtzeitig zur Jagd, da wird fleißig geballert, aber um Ihnen die Wahrheit zu sagen, ich habe seit zwanzig Jahren keine Gams mehr gesehen.»

«Und Bären?»

«Das beschäftigt Sie, was? Die letzten wurden in den fünfziger Jahren getötet, wenn man gewissen Leuten glauben will … Wenn man bedenkt, daß die Leute aus der Ariège früher als Bärenführer durch die ganze Welt gezogen sind … Die Jungs haben den Ast abgesägt, auf dem sie saßen, und das ist schlimm für sie. Eines Tages wird es nur noch ein Tier auf der Welt geben, den Menschen, und das jagt mir einen Schauer über den Rücken, also, ich glaube, ich laß Sie in Eylie raus …»

Gaston Peyrotet hielt neben einer Telefonzelle, genau dort, wo die Straße in einen Feldweg überging. Es handelte sich um ein Münztelefon, Gabriel hatte gar nicht gewußt, daß es so etwas noch gab. Er quälte sich aus dem Auto, klappte auseinander wie ein Zollstock und nahm seinen Rucksack vom Rücksitz.

«Vielen Dank für alles …»

«Nichts zu danken, Serge Van …»

«Vandamne, Serge Vandamne.»

«Gut. Ich wohne etwas weiter oberhalb, linker Hand ist eine kleine Holzbrücke, die über den Lez führt, mein Haus steht auf einer Weide. Sie können es gar nicht verfehlen, ein Stück weiter liegt die Fabrik mit dem alten Pochwerk, hinter dem Elektrizitätswerk. Sollten Sie etwas brauchen … Zum Gästehaus geht es nach rechts, es liegt direkt an der Wanderroute GR 10 …»

Gabriel sah in die Richtung, in die der Veterinär zeigte.

«Es gibt einen Typen, hier in der Gegend, einen Langhaarigen, würde mich wundern, wenn Sie ihm nicht begegnen würden, interessiert sich für seltene Vögel, könnte Ihnen nützlich sein, er kennt die Gegend wie seine Westentasche …»

Pulp machte sich auf den Weg zum Gästehaus, mit dem unguten Gefühl, daß sein Spiel durchschaut worden war.

7

PULP und die Opfer der Berge

Das Gästehaus von Eylie war keine Ausnahme. Ein Gästehaus ist ein Nebenerwerb für den, der sich für eine solche Möglichkeit entscheidet, aber in einer Gegend, in die nur wenige Touristen kommen, auch ein Fenster zur Außenwelt. Normalerweise besitzt der Betreiber einen Bauernhof, der zu groß ist für ihn und seine Familie, er bekommt eine Unterstützung vom Land oder von der Kommune und renoviert ein Nebengebäude, das er dann, gegen eine bescheidene Summe von sechzig Francs pro Übernachtung, Wanderern zur Verfügung stellt; diese fühlen sich wie im siebten Himmel und sind vor allem dazu verpflichtet, «den Ort so sauber zu verlassen, wie Sie ihn vorgefunden haben». Im allgemeinen ist der Betreiber eines Gästehauses gebildeter als der Durchschnitt, vorurteilsfrei, hilfsbereit und darüber hinaus auch noch herzlich.

Régis Marchand, der den Motor seines Toyota-Geländewagens inspizierte, als Pulp auf ihn zukam, besaß alle diese Eigenschaften.

«Wanderer?» fragte er und wischte sich die Hände mit einem verschmierten Lappen ab.

«Forscher ...»

«Prima, gehen Sie rein, die Unterkunft ist gleich da rechts, die Tür steht offen, wenn Sie etwas brauchen, sagen Sie mir Bescheid ...»

Pulp sah sich in dem Gebäude um. Ein Badezimmer mit drei Waschbecken und ebenso vielen Duschen. Ein großer Eßraum mit einem langen Tisch und Sitzbänken. Eine Kochecke mit allem Nötigen, angefangen vom kleinen Löffel bis hin zur Friteuse.

Ein Kamin, an dem man einen ganzen Hammel am Spieß hätte braten können, auf jeder Seite ein Stapel der *Dépêche* und zu einer Pyramide aufgeschichtetes trockenes Brennholz.

Ein Kirschholzscheit lag bereits auf dem Feuerbock, man brauchte nur noch Papier und Anmachholz dazuzulegen und ein Streichholz anzuzünden. Der Schlafsaal befand sich in der oberen Etage und war über eine Leiter zu erreichen, doch Gabriel entschied sich dafür, auf der Bank vor der Feuerstelle zu schlafen. Er breitete seinen Daunenschlafsack aus und holte die Lebensmittel aus seinem Rucksack, die er in Saint-Girons gekauft hatte.

Ein Plakat an der Wand rühmte die Herrlichkeiten der Umgebung: die verschiedenen Wanderwege, die im Südwesten zum Crabère, im Süden zum Gipfel des Maubermé und im Südsüdosten zur Mail de Bulard führten. Eine Karte machte einem mehr als deutlich, daß Eylie ein abgelegenes Nest war, wie kein zweites. Gabriel hatte seinen riesenhaften Körper durch das Dorf bewegt, ein so kleines, so malerisch verschlafenes Dorf, in dem es höchstens eine kleine Gasse zu überqueren gab. Keine Post, keine Kirche, kein Geschäft, kein Café. Das Ende der Welt. Von Eylie bis Sentein, dem Nervenzentrum des Tales, waren es sechs Kilometer, hin und zurück also zwölf; und das zu Fuß, falls er keine andere Lösung fand.

Gabriel horchte auf. Ein Auto fuhr vom Bauernhof. Wahrscheinlich Régis Marchand am Steuer seines Toyota.

Gabriel verließ das Gästehaus und setzte seinen Rundgang auf dem Anwesen fort. Régis war tatsächlich weggefahren. Gabriel betrachtete den dicken Köter, der vor dem Haus seines Herrn wachte. Es schien kein bösartiges Tier zu sein, er knurrte nicht einmal, als Gabriel an ihm vorbei in das Haus ging.

Allem Anschein nach lebte Régis Marchand allein, ein richtiger Saustall war das hier. Gabriel ließ seinen Blick umherwandern, betrachtete eine Weile das Jagdgewehr über dem Kamin, es hing am Geweih einer Gemse … einer Gams, Herrgott noch mal! Das mußte er sich unbedingt einprägen. In der oberen Schublade einer wurmstichigen Kommode lagen mehrere Schachteln mit Patronen. Er bemerkte auch einen großen Kühlschrank mit Gefrierfach. Pulp sprach ein kurzes Stoßgebet, bevor er ihn öffnete.

Treffer! Nie hatte ihm der Anblick zweier Sechserpacks so viel Freude bereitet. *Kanterbräu,* nun gut, aber das war besser als nichts. Beide Verpackungen waren aufgerissen, Régis bediente sich wohl planlos, ohne darauf zu achten, wie viele Flaschen noch vorhanden waren.

Gabriel nahm eine Flasche aus jedem Pack. Dabei lief ihm bereits das Wasser im Mund zusammen. Es hielt ihn nicht mehr länger in dem Raum.

Schnurstracks zurück zum Gästehaus. Er schloß sich in der Toilette ein, holte ein Bier aus seiner Tasche und ließ den Kronkorken springen. Er genoß in aller Ruhe sein *Kanter* und dachte dabei über die Informationen nach, die er bekommen hatte. Wenn ihn sein Instinkt nicht trog und auch nach dem zu urteilen, was Gaston Peyrotet ihm berichtet hatte, dann gab es offensichtlich niemanden im Tal, der Jean-Baptiste Puchol nachweinte. Gabriel versuchte sich den Mann vorzustellen, doch es gelang ihm nicht.

Nachdem er das Bier bis auf den letzten Tropfen ausgetrunken hatte, ging er in den Gemeinschaftsraum zurück. Er entfachte das Kaminfeuer, beobachtete, wie die Flammen an dem Scheit zu züngeln begannen, wartete ein paar Minuten, bevor er weiteres Holz nachlegte, und ging dann zu einem der Fenster, die nach Osten zeigten. Die Karte in der Hand, das Fernglas vor den Augen, suchte er die Landschaft nach dem Gehöft von Jean-Baptiste Puchol ab.

«Das ist die völlig falsche Richtung!»

Régis war in das Zimmer getreten, Gabriel hatte ihn nicht zurückkommen hören und fuhr erschrokken auf.

«Suchen Sie den Maubermé?»

«Ja», stammelte Gabriel.

«Der ist weiter rechts, aber Sie werden ihn kaum sehen können. Bei uns muß man sich die Berge verdienen, es sind drei oder vier Stunden Fußmarsch, bis man den ersten Gipfel erblickt, und drei bis vier weitere Stunden, um seine Fahne zu hissen ... Wollen Sie mehrere Tage hier in der Gegend bleiben?»

Gabriel erzählte ihm, daß er im Auftrag des Museums hier sei. Er wolle die Gams beobachten (ja, jetzt hatte er's!), ihr Verhalten während der Jagdsaison.

«Dann werden Sie sich ja lauter Freunde machen, die Jäger sind nämlich der Meinung, sie seien genug Kompromisse eingegangen, als sie dem Schutzgebiet am Mont Valier zugestimmt haben. Die werden keinen Zentimeter mehr hergeben. Den Puchol zum Beispiel, den haben sie gebührend empfangen. Haben zu ihm gesagt: ‹Mein Junge, wenn du was gegen die Jagd unternimmst, an dem Tag bist du unser Wild!› Er würde es Ihnen selbst erzählen, wenn er noch unter uns wäre. Gräßlicher Tod ... Davon gehört?»

«Gaston Peyrotet, der Tierarzt, hat mir erzählt, was geschehen ist.»

«Ja, wenn Gaston Ihnen alles erzählt hat … Wie so viele andere hatte Gaston ihn nicht gerade ins Herz geschlossen. Hat Ihnen sicherlich nur Gutes berichtet! Baptiste war ein seltsamer Typ, das schon, aber er war kein übler Bursche. Sein Tick war das Eisen, er konnte es nicht ertragen, und wir hier sind verwöhnt, muß man schon sagen, also, er wollte, daß wir eine Petition unterschreiben. Er wollte, daß dieser Berg endlich von Eisen gesäubert wird. Aber die Jäger, wenn die das Wort ‹Petition› hören, glauben sie, man wollte ihnen das Jagen verbieten, und dann sehen sie rot …»

Régis setzte sich auf die Bank, und Gabriel ging vom Fenster zum Kamin, um sich um das Feuer zu kümmern. Er schnappte sich den Haken und fing an, die Glut zu schüren.

«Werfen Sie noch mehr Holz drauf, daran fehlt's nicht, hinten im Schuppen liegt noch ein Raummeter, bedienen Sie sich, dafür ist es da …»

«Kannten Sie ihn gut?»

«Puchol? Ein wenig … Manchmal kam er abends zum Schlafen hierher, an Abenden, die anders waren als sonst, wie er sagte. Ich glaube, er hatte Schiß, wovor, weiß ich eigentlich nicht, er wollte einfach nicht alleine da oben bleiben, direkt gegenüber an dem Hang, da, wo Sie eben hingeschaut haben … Sicher, er hatte Grund genug, Schiß zu haben, nehmen Sie nur mal die Nacht, in der man ihm die Ziege getötet hat. Eigentlich hat man sie nicht wirklich getötet, irgendein Verrückter hat ihr den Euter abgetrennt, und am nächsten Tag ist sie verblutet. Baptiste ist mit seiner Ziege hierhergekommen, man hätte meinen können, er hätte den schrecklichen Yeti gesehen. Wir beide haben zugesehen, wie sie in der Scheune verendete. Peyrotet wollte sich nicht herbemühen, und ich sag Ihnen was, Baptiste hat an meiner Schulter geheult. Die Ziege, das war so ungefähr sein einziger Freund ...»

«Wie lange ist das her?»

«Ende April, auf den Tag genau eine Woche nach dem Tod von Fernand Eychenne, auf dem Col de Catchaudégué, der Idiot ist mit dem Fahrrad zu Tode gestürzt, auf einer Etappe der Tour du Couserans, unseres kleinen Klassikers ... Haben Sie alles, was Sie brauchen?»

«Ja, vielen Dank, nur daß ich von hier aus vielleicht schlecht nach Sentein gelange, ich bin per Anhalter gekommen und ...»

«Sie brauchen mir nichts zu sagen, ich kenne das Elend ... Die nächsten drei Tage muß ich Holz ausliefern, dafür nehme ich den Traktor, also, wenn Sie wollen, der Allrad steht Ihnen zur Verfügung, die Schlüssel stecken immer. Wenn Sie abreisen, tanken Sie voll, und wir sind quitt ...»

8

PULP und die Opfer der Berge

In den Bergen bricht die Nacht schnell herein. An jenem Abend machte sie keine Ausnahme.

Gabriel kostete die Momente der Stille, von denen man im Lärm der Städte nichts ahnt, gebührend aus. Er dachte: Ich bin ein freier Mensch zwischen Tag und Nacht. Vorsichtig legte er die Bratwurst auf den Rost, plazierte diesen genau zwischen die beiden Feuerböcke über der Glut. Er hatte kein Licht gemacht und begnügte sich mit der Helligkeit, die das Kaminfeuer verbreitete.

Während die Wurst ihren Saft ausschwitzte, nahm

Gabriel sich den Stapel *Dépêche* vor. Offenbar waren die Ausgaben nicht gelesen worden. Sie lagen ordentlich gefaltet da. Gabriel suchte die Nummern heraus, die ihm von Interesse zu sein schienen. So erfuhr er, daß man die Leiche von Jean-Baptiste Puchol an einem Vormittag um elf Uhr gefunden hatte. Die Gendarmerie, zum Tatort gerufen, habe nur noch den Tod feststellen können. Die Leiche sei erst nach Saint-Girons, dann nach Toulouse gebracht worden, wo man schließlich eine Autopsie vorgenommen habe. Diese Autopsie habe ergeben, daß Jean-Baptiste Puchol der Schädel zertrümmert worden sei. Alles deutete auf einen Bären hin – man habe Fellbüschel an einem Strauch in der Nähe des Gehöftes gefunden. Ein Journalist wies ausdrücklich darauf hin, daß die Bären vor mehreren Jahrzehnten bereits aus dem Couserans verschwunden seien. Ungeachtet dessen handele es sich wahrscheinlich um ein verirrtes, ein wenig nervöses, desorientiertes, aggressives Tier. Jean-Baptiste Puchol sei zur falschen Zeit am falschen Ort gewesen. Man habe eine Treibjagd veranstaltet, um das Tier «gefangenzunehmen», alle Jäger der Umgebung, die eine mächtige Lobby bildeten (Anm. d. Red.), hätten daran teilgenommen. Einer der Jäger behauptete, den Bären gesehen zu haben, doch der hatte ihn wohl nicht gesehen … Der letzte Artikel endete mit einer Erklärung des mit dem Fall betrauten Gendarmen:

«Frankreich hat sich vor den internationalen Instanzen zum Artenschutz verpflichtet. Allerdings wirft der bedauerliche Unfall erneut die Frage auf, ob sich die beabsichtigte Auswilderung von slowenischen Bären bei unseren Nachbarn im Haut-Béarn vertreten läßt. Verträgt sich der Bär, dieser mächtige

Sohlengänger, heutzutage mit der Aufrechterhaltung menschlicher Aktivitäten in unseren Bergen? Schauen wir fünfzig Jahre weiter, falls die Rettungsaktion für die Bären in den Pyrenäen überhaupt jemals ein Erfolg werden sollte: Wer wird sich dann noch in unser schönes Couserans wagen?»

Die Gefahr, daß die Bären zur Gefahr für die Bewohner der Ariège werden könnten, bestand also nicht. Aus dem Bericht im *Pyrénées Magazine* hatte Gabriel zumindest eines gelernt: Auch wenn im Haut-Béarn vergangenen Sommer ein Bärenjunges geboren worden war, zählte die Bärenpopulation in den Pyrenäen nicht mehr als acht oder zehn Tiere, für den Fortbestand der Art waren aber mindestens dreißig nötig. Nur ein Dutzend Bären in den Pyrenäen, und die lebten alle im Haut-Béarn. Wie Gérard gesagt hätte: nicht gerade vor der Tür!

Nein, die Erklärungen dieses Gendarmen waren nicht ernst zu nehmen. Und dann überschritt er bei weitem seine Kompetenzen. Er wollte das Problem unter den Teppich kehren. Anscheinend war ihm das auch gelungen, denn niemand hatte etwas einzuwenden gehabt, als er den Fall zu den Akten gelegt hatte. Um einen Menschen zu beerdigen, der eines natürlichen Todes gestorben war, hätte man sich wohl mehr Zeit gelassen. Der betreffende Gendarme hieß Emile Peyrotet … Sieh an! Ein Peyrotet!

Ein positiver Aspekt: Der Fall war zu den Akten gelegt worden. Je größer der Abstand zwischen Gabriel und dem Gesetz war, desto wohler fühlte er sich. Eines war sicher: Gabriel würde auf seinem Weg Jägern begegnen. Hatte er jemals einen Jäger verprügelt? Nein. Das gehörte noch nicht zu seinem Repertoire …

Die Wurst war gut, nicht zu sehr verkohlt. Gabriel schnitt ein paar Scheiben Landbrot ab und beendete seine Mahlzeit mit einem halben Camembert, einem guten alten Magenschließer, der ohne die Verpakkung wie Eiercreme ausgelaufen wäre. Die zweite Flasche *Kanter* hatte er sich bis zuletzt aufgehoben, für den Nachgeschmack. Das Bier war warm geworden und hatte auf ihn nicht die wohltuende Wirkung, die er sich erhofft hatte. Er trank es trotzdem aus, in aller Ruhe; das immerhin war allen Jägern gemeinsam.

Gabriel zog sich aus, behielt nur die Unterhose an. Er legte noch ein Scheit nach und kroch in seinen Daunenschlafsack. Dann schlug er aufs Geratewohl *Der Weiblichen Mechanismus* auf.

Frisiert, dezent geschminkt, in taillierter Jacke und Hose, ist sie eine hinreißende Schönheit.

Gabriel dachte an Cheryl und schlief ein.

Wie viele Stunden hatte er geschlafen, als ein dikker Wassertropfen auf seiner Stirn zerplatzte? Wasser … Eine undichte Stelle im Dach. Er wischte sich mit der Hand übers Gesicht, führte sie an die Lippen, das war überhaupt kein Wasser, es war dickflüssig, Blut …

Schweißgebadet richtete er sich auf, fing an zu zittern. Er kroch aus seinem Schlafsack, verfing sich mit den Füßen darin. Auf dem Kaminsims stand eine Kerze. Er zündete sie an und ging zu der Leiter, die nach oben auf den Dachboden führte.

Er kletterte langsam hinauf und sah dann mit Entsetzen im rückwärtigen Teil des Schlafsaales, hinter den schnurgerade aufgereihten Matratzen, eine Ziege liegen, der man ein Euter abgetrennt hatte. Sie krümmte sich, ihr Blut ergoß sich über den Boden, und sie sah ihn mit unendlich leidendem Ausdruck an.

Eine Minute lang war Gabriel vor Bestürzung wie gelähmt, dann stieg er eilig die Leiter hinab.

Als er wieder zu Atem kam, wurde ihm langsam bewußt, daß er geträumt hatte. Das Nichtstun bekam ihm wahrlich nicht.

Den ganzen Abend über hatte er das Kaminfeuer nicht ausgehen lassen, es herrschte eine stickige Hitze im Gästehaus. Gabriel stürzte zur Tür, riß sie auf, so als wollte er fliehen. Noch immer war er mit nichts als einer Unterhose bekleidet. Pulp in Unterhose unter dem Himmelsgewölbe! Er lachte nicht. Alsbald zitterte er vor Kälte. Angst überkam ihn. Er schloß die Augen und stellte sich vor, wie Jean-Baptiste Puchol seinem Schicksal entgegengegangen war, seinem Tod. Rechts von ihm, im hohen Gras, bewegte sich etwas. Er öffnete wieder die Augen, konnte aber nichts erkennen. Eine Katze vermutlich. Es war eine mondlose, wolkenlose Nacht. Gabriel versuchte vergebens, den Sternbildern Namen zuzuordnen. Zuviel Sterne. Es herrschte so etwas wie ein Widerspruch zwischen seiner Einsamkeit und dieser verschwenderischen Fülle. Der große Bär, immerhin … Der Himmel mutete seltsam an, genauso wie die Stille, eine sehr relative Stille, eine Stille, die sich zusammensetzte aus dem Plätschern der Bäche, dem Knacken des Gebälks, einem fernen Blöken, einem Glockenschlag, dem Wind in den Schieferdächern.

Nicht ohne Grauen fand Gabriel zu seinem Schlafsack zurück, er war schweißgebadet. Er sagte sich, daß er auf der richtigen Spur sei. Alles deutete nun darauf hin, daß er sich nicht geirrt hatte. Er würde den Dreckskerl, der das getan hatte, zu fassen kriegen, und sollte er dafür einen Tunnel durch den Berg graben müssen. Er schlief wieder ein und hatte keine Alpträume mehr.

9

PULP und die Opfer der Berge

Gabriel nahm nur das Allernotwendigste mit. Er versteckte seine falschen Papiere in einem Geheimfach unten im Rucksack und behielt nur seinen Ausweis auf den Namen Serge Vandamne sowie das Empfehlungsschreiben des Museums. Dieses Sesam-öffne-Dich schob er, zusammen mit dem Ausweis, in seine Brusttasche.

Er parkte das Allradfahrzeug auf dem Platz von Sentein und tätigte ein paar Einkäufe: Wurst, Ravioli und Bohneneintopf in Dosen, Äpfel und Bananen. Danach schlenderte er eine Weile durch die Gassen. Es war kurz nach acht, die Kirchturmuhr zeigte noch die Sommerzeit an.

Das Bistro *Au Bon Coin* befand sich am Dorfplatz. Gabriel trat ein und ging geradewegs zur Theke.

Die Kellnerin war fünf- oder sechsundzwanzig Jahre alt und so schön wie der junge Morgen. Im Kontrast dazu ihre Umgebung, eine Mischung aus alt und neu: rustikale Tische mit Gartenstühlen. Sie lächelte, so wie man bisweilen lächelt, wenn man soeben auf wohltuende Art mit seinen Gewohnheiten gebrochen hat, was man gerne viel häufiger tun würde. Pulp war für sie, ohne ihn zu kennen, schon eine angenehme Abwechslung zu all den Bauern, mit denen sie es sonst den ganzen Tag über zu tun hatte.

«Kann ich Ihnen etwas bringen?»

«Einen Kaffee und ein Croissant, bitte. Ich heiße Serge Vandamne ...»

«Camille ...»

Camille hatte große, haselnußbraune Augen und tiefschwarzes Haar, das sie in einem Knoten zusammengebunden trug. Eine weite, rotgrün karrierte Hemdbluse verbarg ihre Formen, zumindest die ihres Oberkörpers, denn darunter trug sie eine hautenge Jeans; das war sehr hübsch anzusehen, sehr aufregend, man konnte sich ausmalen, daß der Rest dazu paßte. Gabriel kannte keinen Mann, der nicht länger hingeschaut hätte.

Camille verschwand für ein paar Minuten in einem Hinterzimmer. Gabriel stellte sich einen gußeisernen Ofen vor, auf dem eine alte Emaillekanne den Kaffee warm hielt. Er war enttäuscht, als er das glucksende Geräusch hörte, das die üblichen Kaffeemaschinen zum Schluß machen.

Nicht nötig, sich vornehm zurückzuhalten.

«So hübsch, wie Sie sind, werden Sie bestimmt oft angebaggert, stimmt's?»

«Vor allem von den Fremden», gab sie kokett zurück, «auf die Jungs von hier wirke ich unnahbar, ich bin ihnen nicht stabil genug!»

Die Kleine war nicht auf den Mund gefallen. Gabriel beschloß, die Gunst der Stunde zu nutzen.

«Man vertraut Ihnen auch sicher einiges an ...»

«Die Menschen hier sprechen nicht viel. Man sagt einmal etwas, und dann nichts mehr, man breitet den Mantel des Schweigens darüber. Man ist hier sehr verschlossen ... Es gibt Leute, die ignorieren sich, man weiß nicht, warum, und eines Tages dann erfährt man, daß die beiden nie Streit miteinander hatten, daß sich ihre Großväter aber vor langer Zeit gegenseitig fast umgebracht hätten ... Häufig wegen Nichtigkeiten, Eigentumsfragen, solchen Dingen ...»

«Verstehe ...»

«Das wird wohl überall auf dem Land so sein ...»

Gabriel trank einen Schluck Kaffee und schmeckte ein wenig Zichorie heraus.

«Die Fremden machen Ihnen also schöne Augen ... Kann man sagen, daß auch Jean-Baptiste seine Chance gesucht hat?»

Camille gab keine Antwort. Es schien Gabriel, als verdüsterten sich ihre Augen. Sie wandte den Blick ab. Als sie ihn wieder ansah, hatte sie sich gefaßt. Ein alter Mann war hereingekommen, er stellte sich ans Ende der Theke, und ohne etwas bestellen zu müssen, bekam er, was er wünschte: einen Rosé in einem bauchigen Glas. Gabriel verzog unwillkürlich das Gesicht.

«Argh!»

«Was haben Sie?» fragte Camille verständnislos.

«Ich finde Wein abscheulich ...»

Der Alte sagte keinen Ton, hatte den Blick starr auf die lange Reihe von Flaschen hinter der Theke gerichtet. Camille stieß ein leises, ganz reizendes Lachen aus.

Gabriel langte mit seinem Tintenfischarm über die Theke und nahm das Roséglas in die Hand, er hielt das suspekte Getränk gegen das Licht, so als wollte er sich vergewissern, daß es tatsächlich ekelhaft war. Argh! Jeder weitere Kommentar überflüssig. Er knallte das Glas wieder auf die Theke.

Gabriel hatte soeben bemerkt, daß es keinen Bierzapfhahn gab. Um Himmels willen, war das möglich?! Es ärgerte ihn, er hätte sich sogar richtig darüber aufregen können. Der Alte sollte es sich gesagt sein lassen: Gabriel suchte Ärger, und er war daran interessiert, daß alle Welt es wußte. Er würde nicht sein Leben lang Däumchen drehen, er hatte den Eindruck, daß er sich noch tagelang in der Gegend herumtreiben konnte, ohne etwas in Erfahrung zu bringen. Er mußte das Schicksal herausfordern.

Camille war die plötzliche Veränderung in seinem Verhalten nicht entgangen. In Sentein machte man für ihren Geschmack viel zu selten Witze, und das hier schien sie zu amüsieren.

Jedenfalls bis zu dem Moment, als sich die Tür wieder öffnete und ein Mann hereinkam, zusammen mit einem ordentlichen Schwall kühler Luft. Sogleich schnappte sich Camille einen Lappen und ging zu den Tischen, um sie abzuwischen.

Gabriel spürte, daß jemand direkt auf ihn zusteuerte. Ohne sich aus der Ruhe bringen zu lassen, leerte der Alte sein Glas und verließ, eine maisgelbe Filterzigarette im Mundwinkel, das Lokal.

«Du suchst mich, anscheinend ...»

Gabriel drehte sich langsam um.

Der Typ war nicht sehr groß und hatte etwas Geflügelartiges an sich. Gabriel dachte an ein Schneehuhn oder an einen Auerhahn. Seine verfilzten, strohblonden Haare reichten ihm bis zur Hälfte des Rückens. Er trug eine Sonnenbrille, daß man seine Augen nicht sehen konnte, eine Cordhose, die schon einiges erlebt hatte, und eine Art ärmelloses Shirt aus Schafleder, das noch nach seiner Herkunft roch.

«Hallo, Schäfer!» rief Gabriel.

«Bin kein Schäfer», zischte der andere. «Du suchst mich ...»

«Könnte sein ...»

Verdammter Gaston, dachte Gabriel. Der andere musterte ihn von Kopf bis Fuß, er war wohl von Natur aus mißtrauisch.

«Zeig mir deine Waden!»

«Sonst noch was ...?»

«Deine Waden, oder ich hau ab, und du siehst mich nie mehr wieder ...»

Das war einen kleinen Kompromiß wert. Gabriel riskierte andernfalls, unendlich in den Bergen herumzustiefeln. Irgendwo mußte geschrieben stehen, daß ihn ein Ornithologe eines Tages, mitten in einem tiefen Tal, darum bitten würde, sich seine Beine ansehen zu dürfen.

Gabriel schob seine Jeans bis zu den Knien hoch, und der andere begutachtete, immer noch mißtrauisch, den Umfang seiner Muskeln.

«Bist nicht oft in den Bergen, was?»

«Ich verbringe meine Zeit im Museum, die Theorie hat Vorrang vor der Praxis ...»

«Kannst du's irgendwie beweisen?»

Gabriel holte den Brief mit dem Briefkopf des Museums aus seiner Brusttasche. Der andere riß ihm das Schreiben aus der Hand und sah es sich an. Dann stieß er so etwas wie einen Seufzer der Erleichterung aus.

«In Ordnung, entschuldige das Vorspiel, aber ich bin auf der Hut, wegen dem, was passiert ist ...»

«Ich hab zwar die Ausmaße eines Bären, bin aber nicht so zärtlich ...»

Der andere zuckte mit den Achseln.

«Kanntest du Jean-Baptiste?» fragte Pulp.

«Puchol? Nein, na ja, flüchtig ... Also, der Streß bei den Gemsen während der Jagdsaison, stimmt's?»

«Bei den Gamsen ... ganz genau.»

«Ich bin bei den Jägern nicht beliebt, deswegen mag ich den Ort hier nicht besonders ...»

Damit Gabriel verstand, was er meinte, tat er das, was er beim Hereinkommen versäumt hatte: Er blickte sich nach allen Seiten um, für den Fall, daß irgendein Kerl mit einem Gewehr in einer Ecke stehen und auf ihn warten sollte, um mit ihm abzurechnen.

«Morgen ist Samstag, komm um sieben zur Fabrik, die richtigen Schuhe hast du ja, aber Gamsen, die wirst du wohl kaum zu Gesicht kriegen, am Wochenende wird hier geschossen wie in Verdun ...»

«Das kann meine Untersuchungen nur erleichtern ...»

«Tja ... Ich heiße Vincent Depoorter ...»

«Serge Van ...»

«Weiß ich, Gaston hat's mir gesagt. Camille! Kannst du mir einen Kaffee bringen?»

Camille tat so, als hörte sie ihn nicht. Gabriel legte fünfzehn Francs auf die Theke, so wie er es im *Pied de Porc* gemacht hätte, denn er wußte nicht, daß es in Sentein knapp die Hälfte kostete. Dann ging er hinaus.

10

PULP und die Opfer der Berge

Gabriel versetzte den Toyota um ein paar Meter, dann stellte er den Motor wieder aus. Jetzt hatte er das Bistro im Visier. Niemand würde sich wundern, Régis' Wagen auf dem Platz stehen zu sehen. Auch würde niemand auf den Gedanken kommen, daß Pulp, hinter den getönten Scheiben verborgen, bequem auf seinem Sitz im Wageninnern saß. Er drückte seine Schirmmütze tief in die Stirn und holte das Buch aus dem Rucksack.

Ein junger Busen, im Ausschnitt einer weißen Bluse zu erahnen ...

Camille trug eine rotgrüne Bluse. Mehr noch, Gabriel hatte an ihr keinen Busen erahnt …

Kehren wir also wieder zu unserem Schäfer zurück.

Die Art, in der der Ornithologe seiner Frage ausgewichen war, hatte Gabriel ganz und gar nicht gefallen. Zu schnell hatte er das Thema gewechselt, was hieß, daß Gaston seine Zunge nicht im Zaum halten konnte, doch lassen wir das. Gabriel hatte erwartet, daß der Ornithologe ihm so etwas entgegnet hätte wie: ‹Aber was hat Puchol denn mit den Gemsen zu tun (den Gamsen, Scheiße noch mal!)?› Statt dessen hatte er die Sprache auf das Thema gebracht, das ihn angeblich hergeführt hatte, wohl wissend – wenn auch nur vom Gefühl her –, daß besagtes Thema … nun ja, ihm von Herzen scheißegal war.

Pulp ist ein gutmütiger Kerl, aber man darf ihn nicht für blöd halten.

Gabriel legte sein Buch auf den Beifahrersitz. Es herrschte Betrieb, es war nicht mehr so früh. Instinktiv rutschte er auf seinem Sitz noch etwas tiefer. Vincent Depoorter kam aus dem Bistro gestürzt, Camille hinterher. Sie sah aus, als hätte sie geweint. Gabriel hatte vergessen, das Seitenfenster herunterzukurbeln, und jetzt wagte er nicht, sich zu bewegen. Das würde ihn lehren, zur rechten Zeit an Kleinigkeiten zu denken. Er wurde nicht bezahlt, um Maulaffen feilzuhalten. Übrigens wurde er gar nicht bezahlt. Seine Beweggründe waren andere, und sie würden sich später voll und ganz rechtfertigen.

Vincent war fünf Meter weitergelaufen. Camille hob die Arme gen Himmel und beschimpfte ihn, schien ihn jedoch nicht zurückhalten zu wollen. Gabriel war zu weit entfernt, um von ihren Lippen lesen zu können, aber ihre Gesten waren beredt genug. Es war ihr egal, daß alle Welt sie hörte, er solle sich davor hüten, ihr vorschreiben zu wollen, wie sie sich zu verhalten habe, und er solle nie wieder angeschissen kommen (Pulp konnte sich nicht vorstellen, daß sie diese Worte gebrauchte, er übersetzte lediglich), hau bloß ab, ich will dich in meinem Café nicht mehr sehen, na ja, Freundlichkeiten dieser Art.

Depoorter, das war kein Name aus der Gegend hier. Ein Fremder, also vielleicht ... Nur eine Bettgeschichte? Enttäuschte Hoffnungen? Nein ...

Depoorter blieb abrupt stehen. Er drehte sich zu ihr um. Auch bei ihm keine Chance, ihn zu verstehen. Er stand näher, aber mit dem Rücken zu Gabriel. Pulp verfügte über verschiedene Talente, aber hier ... Auf jeden Fall sagte Depoorter etwas, das Camille nicht, aber auch gar nicht gefiel. Gott sei Dank hatte sie noch einen Trumpf in der Hand.

Sie mußte ihn wohl schon eine ganze Weile in der Hand gehabt haben. Der Aschenbecher verfehlte nur knapp Depoorters Kopf und zerschellte auf dem Asphalt, Glassplitter spritzten um ihn herum. Da machte er sich schnellstens aus dem Staub. Er ging wutschnaubend um den Toyota herum und verschwand in einer der Gassen.

Gabriel ließ den Motor an, legte den ersten Gang ein. Seelenruhig fuhr er an dem Bistro vorbei, Camille stand immer noch in der Tür, er winkte ihr kurz zu, sie sah ihm mit offenem Mund hinterher, Gabriel beobachtete sie noch lange im Rückspiegel. Druck machen, dachte er, immer Druck machen. Wenn es notwendig ist.

11

Gabriel wollte am Ort des Geschehens nicht überrascht werden. Er stellte den Wagen auf der D4-Route ab, auf der Höhe von Estoéou, vergewisserte sich, daß er von niemandem beobachtet wurde, und legte dann den restlichen Weg zu Fuß zurück. An der Steigung kam er ganz schön ins Schwitzen, und nach einer Stunde erreichte er Puchols Gehöft. Er stellte den Rucksack auf den Boden und verschnaufte, er machte auch ein paar Streckübungen, um Muskelkater vorzubeugen.

Der Laspe floß an dem Gehöft vorbei, den Hang hinunter, und mündete dann in den Lez. Das Gehöft bestand aus einem renovierten und einem zerfallenen Gebäude, sowie aus einer Scheune, am Rande der Schlucht. Gabriel nahm zunächst die Umgebung in Augenschein. Auf dem steinigen Boden lag welkes Laub. Weiter oberhalb bildete ein Wald so etwas wie eine Grenze zum eigentlichen Berg. In der Sonne leuchteten die Bäume in allen möglichen Farben, von blaßgrün bis tiefgelb, von fahlgelb bis blutrot.

Blut. An dem Ort, an dem den Zeitungsberichten zufolge Puchol umgebracht worden war, gab es keinerlei Blutspuren. Das konnte ebensogut das Werk des Regens gewesen sein. Dennoch untersuchte Gabriel jeden Quadratzentimeter Boden. Er hatte seine Schirmmütze tief in die Stirn gezogen, um sich vor der Sonne zu schützen, und beschrieb langsam immer weitere konzentrische Kreise. Er starrte so angestrengt auf den Boden, daß ihm die Augen weh taten. So gelangte er an die Grenzen des Hofes, ohne auch nur eine verdächtige Spur zu entdecken.

Das Fehlen jeglicher Spur an sich war verdächtig. Es sah sogar so aus, als hätte man an bestimmten Stellen den Boden gefegt ... Gabriel stellte sich vor, wie der Bär auf sein Opfer gewartet, es getötet und dann einen Besen geholt hatte, um seine Fußabdrücke zu verwischen. Versucht herauszukriegen, Leute, in welcher Richtung ich mich davongemacht habe!

Die Fensterläden waren verriegelt, die Türen abgeschlossen, Gabriel versuchte nicht, gewaltsam ins Haus einzudringen. Dafür aber ging er zu der Scheune, die ihrerseits sperrangelweit offenstand.

Die Unordnung überraschte Gabriel nicht. Ein 402 B *Légère* rostete vor sich hin. Säcke mit Düngemittel waren aufeinandergestapelt, der oberste war heruntergefallen und auf dem Lehmboden aufgeplatzt. Der Mittelbalken war mit Kacke bekleckert, wahrscheinlich von einer Eule. An den Wänden aus dicken Eichenbohlen hingen an Nägeln verschiedene Gegenstände: ein Eimer, eine alte Wolfsfalle, ein Spaten, ein Overall, ein Kescher, solche Dinge.

Hinter dem Autowrack stand eine Werkbank, auf der eine Bohrmaschine, Konservenbüchsen mit Nägeln oder Dübeln, Holzleim, Schraubenzieher, mehrere Sägen, Hämmer und Scheren lagen. Gabriel war gerührt, es erinnerte ihn an das Eisenwarengeschäft von Onkel Emile und Tante Marie-Claude in der Rue Sedaine, wo er fast seine gesamte Kindheit verbracht hatte.

Gabriel wischte eine Menge köstlicher Erinnerungen beiseite, um seine Aufmerksamkeit auf die Plane zu konzentrieren, die zwischen dem Auto und der Werkbank ... eine Ziege verdeckte, nun ja, etwas, das einer Ziege ähnlich sah.

Picasso, dachte Gabriel, hätte sich durchaus zu dieser Skulptur bekannt. Sie war unvollendet, Jean-Baptiste hatte keine Zeit mehr gehabt. Aber es hätte einer großen Portion Böswilligkeit bedurft zu behaupten, den Kopf nicht von der Kruppe unterscheiden zu können. Eine abstrakte Ziege, aber trotzdem eine Ziege. Ein komischer Kauz, dieser Jean-Baptiste, dachte Gabriel, und als Bildhauer nicht besonders begabt. Zum Beispiel war das Tier nicht aus einem einzigen Stück Holz gefertigt, wie man hätte vermuten können, sondern aus mehreren, die er offenbar mühsam mit Leim und Dübeln zusammengefügt hatte. Daß die Ziege nur einen Euter besaß, war für Gabriel ebenfalls keine große Überraschung.

Gabriel deckte die Skulptur wieder ab, verließ die Scheune und inspizierte mit dem Fernglas die Gegend in Richtung Mail de Bulard.

Er folgte dem Lauf des Laspe hügelan und stellte die Brennweite auf einen weiteren Bauernhof ein, der sich direkt unterhalb des Waldes befand. Gabriel schätzte die Entfernung ab, der Hof lag wohl ungefähr dreihundert Meter von dem Punkt entfernt, an dem er selbst gerade stand, das heißt vom Tatort. Der Höhenunterschied war ebenfalls äußerst gering, siebzig Meter, wenn's hoch kam. Er sah auf seine Landkarte: *Bertrand Granges*.

Das Haus lag still da. Eine weiße Rauchspirale kam aus dem Kamin. Gabriel hatte das Fernglas auf die Tür gerichtet, als diese geöffnet wurde. Die stattliche Erscheinung beeindruckte Gabriel, der Kerl war gut und gerne zwanzig Zentimeter größer und dreißig Kilo schwerer als er selbst. Ein Muskelpaket mit sonnenverbranntem Gesicht. Er ging zu einem

Holzstapel und begann, die riesigen Blöcke mit der Axt zu spalten, als wären es dünne Bretter. Hin und wieder bearbeitete er einen Rest mit der bloßen Hand, in der Manier von Karatekämpfern, was ihm keine große Mühe zu bereiten schien.

Gabriel hätte diese sonderbare Erscheinung zur Kenntnis genommen, weiter nichts, wenn der Mann nicht in Wirklichkeit eine Frau gewesen wäre. In einem Land, wo es in den Bistros nicht einmal Bierzapfhähne gab, mußte man wahrlich auf alles gefaßt sein. Gabriel fluchte leise vor sich hin und riß die Augen so weit auf, als wäre ihm die Heilige Jungfrau erschienen. Eine riesige Jungfrau, zugegeben. Ein Mannweib.

12

PULP und die Opfer der Berge «Régis!»

Régis betrachtete schweißgebadet die Axt, die in dem Baumstumpf steckte. Er zog ein Taschentuch aus seiner Tasche und wischte sich die Stirn ab. Es gab so Tage, an denen ihm die Axt in der Hand zu schwer wurde.

«Régis ...»

«Ah, Serge ...»

«Wie wär's mit einem Bohneneintopf? Ich lade Sie ein ...»

«Gut! Ich steuere den Wein bei ... Stimmt irgendwas nicht?»

«Ich bin kein großer Weinfreund!»

«Ich hab auch Bier ...»

Ein vorsichtiges Lächeln zeichnete sich auf Gabriels Lippen ab.

«Ich hab sogar was, das man nicht alle Tage kriegt,

eine Rarität, Dänen haben es letzten Sommer hiergelassen, wir könnten Brüderschaft trinken …»

Jetzt grinste Gabriel von einem Ohr zum andern. Leise vor sich hin pfeifend, öffnete er die Konservendose, deckte den Tisch und schnitt ein paar Scheiben Brot ab. Régis stellte zwei Dreiviertelliterflaschen auf den Tisch.

«Die Hersteller von Carlsberg und Tuborg», erläuterte Régis, «geben damit an, daß die Dänische Krone ihr Bier schätzt, also steht auf ihren Etiketten ‹Offizieller Lieferant des Dänischen Königshauses›, und das nur, weil irgendwann einmal ein gekröntes Haupt ihr Bier getrunken und sich beifällig geäußert hat. Die Hersteller von *Faxe* hatten nicht solches Glück, und so haben sie es ganz anders gemacht und geschrieben: ‹Faxe, offizieller Lieferant des dänischen Volkes›. Faxe, Serge, ist das Bier des Volkes!»

Andächtig hob Pulp sein Glas, betrachtete das Gesöff und tauchte dann die Lippen in den weißen Schaum. Das Bier des Volkes, dachte Gabriel für sich, und er wußte nur um so mehr den leicht bitteren Geschmack zu schätzen.

«Du mußt 'n Haufen Leute hier durchziehen sehen, im Sommer …»

«Jede Menge, ich sehe jede Menge. Ein Gästehaus, das ist vor allem eine Geisteshaltung, man geht nicht dorthin wie in ein Hotel. Hier hast du Leute, die sind sympathisch, und dann wieder andere, die sind's nicht, die erkennst du auf den ersten Blick, normalerweise sind das verdammte Nervensägen, würden sich am liebsten von dir in den Schlaf singen lassen, in ihren Schlafsäcken, und wenn du dann hinter ihnen aufräumst, brauchst du den ganzen Tag dafür, sind wahrscheinlich dieselben, die ihren Müll auf dem Berg liegenlassen … Lecker, die Bohnen! Wo hast du sie gekauft?»

«In Sentein …»

«Ach ja? … Hm … Da gibt's 'ne ganz bestimmte Sorte von Wanderern, die hab ich gefressen … Kreuzen hier großkotzig auf, angezogen wie Pfingstochsen, in Leuchtfarben, wenn die sich im Nebel verirren, kannst du sie ohne weiteres finden, also bei denen hast du nur den einen Wunsch, daß sie nämlich schnellstens wieder abdampfen und dir nie mehr auf den Geist gehen, halten sich für Rambos, und beim kleinsten Gewitter scheißen sie sich in die Hose … Und, ein Mann ist ein Mann …»

«Mit all seinen Fehlern …»

«Vor allem mit seinen Fehlern …»

Die zwei sannen noch über ihre klugen Worte nach, während sie schweigend die Bohnen in Entenfett kauten. Sie hoben ihr Glas *Faxe* an die Lippen und zwinkerten sich dabei komplizenhaft zu.

«Wie war der Morgen?»

«Hab mich in der Gegend umgesehen. Sag mal, dein Hof liegt doch direkt an der Route GR 10?»

«Ganz genau. Nach Westen kommst du direkt zum ehemaligen Bergwerk von Bentaillou, zum Teich von Araing und zum Crabère, 2629 m hoch. In östlicher Richtung kannst du den Port d'Orle und sogar den Mont Valier erreichen, unser Ungetüm: 2838 m. Die GR 10 verläuft tatsächlich quer durchs ganze Gebirge, und manche Wanderer machen die Strecke von Anfang bis Ende, das sind die Leute, die einem nicht die Ohren vollquatschen, die wandern, ohne sich damit zu brüsten … Viele ziehen die Pyrenäen den Alpen vor, das Gebirgsmassiv ist jünger, auch unberührter, allerdings lassen die Markierungen der Wege manchmal zu wünschen übrig; nicht weil wir zu faul wären, sie hin und wieder mal neu zu malen, nein, wir wollen nur unsere Ruhe haben, na ja, die Alten jedenfalls ...»

Régis redete gern, und seine Redseligkeit wirkte rührend. Er lebte alleine, die Einsamkeit mußte ihn bisweilen belasten, und Gabriel wurde sich bewußt, daß er für ihn eine willkommene Abwechslung war.

«In die Richtung bin ich heute morgen gegangen, zum Valier. Wirklich nicht sehr weit, gerade mal genug, um sich die Beine zu vertreten, ich hab auf Höhe eines Bauernhofs Rast gemacht, er liegt etwas unterhalb ...»

«Die Bertrand-Scheune.»

«Ein Mann hat Holz gehackt ...»

Régis grinste amüsiert, weil Gabriel sich hatte täuschen lassen.

«Da hast du aber nicht genau hingeguckt, mein Lieber!»

«Wieso?»

«Wenn sie keinen Typen zum Holzhacken angeheuert hat, was mich wundern würde, dann war es Margot, die du gesehen hast ...»

Pulp heuchelte Erstaunen.

«Margot Lacoste, eine Naturgewalt, und das ist noch vorsichtig ausgedrückt! Einige behaupten, eine Mutter hätte sie nicht zur Welt bringen können, es muß der Berg gewesen sein, der sie geboren hat! Die Leute sind nicht immer sehr nett, schließlich ist es nicht Margots Schuld. Du wirst es kaum glauben, aber das hat sie nicht davon abgehalten, sich zu verlieben, und sie sollte sogar heiraten. Nun, das ist 'ne längere Geschichte, aber ich muß weitermachen. Danke für das Essen, trink in Ruhe dein Bier aus, und fühl dich wie zu Hause, ganz wie zu Hause ...»

Régis stand auf und ging zur Tür.

«Ach ja! Vincent Depoorter war heute vormittag hier ...»

«Um wieviel Uhr?»

«Kurz vor mittag ...»

Nach seinem Streit mit Camille, dachte Gabriel.

«Wollte nicht direkt zu dir, aber ich hab ihm gesagt, daß du mit dem Allrad nach Sentein gefahren wärst, das schien ihn irgendwie zu ärgern. Er hat mir ein paar Fragen gestellt, wollte wissen, was du hier in der Gegend machst und so, ich hab gesagt, das wär nicht mein Bier, und wenn er was von dir wissen wollte, sollte er dich selbst fragen ...»

13

PULP und die Opfer der Berge

Schwierig, sich diese Margot vorzustellen, wie sie ihre Bluse aufknöpfte, um ihrer Katze die Brust zu geben, wie in dem Chanson von Brassens. Gabriel, der nicht leicht zu beeindrucken war, verließ den Weg mit einem flauen Gefühl im Magen, fast wäre er sogar den Abhang hinuntergerollt.

Margot saß auf einem Baumstumpf mitten auf dem Hof. Sie hob den Kopf und starrte Pulp an, als wäre er ein Rabe, der ihr die Saatkörner vom Feld fressen wollte. Übrigens, ein Rabe hing über dem Scheunentor, wo er, zusammen mit einem Häher und einem Gartenschläfer, festgenagelt war. Sollten die Schädlinge doch auf ihren Hintern aufpassen!

«Margot Lacoste?»

«Hm ... Der Weg geht nicht an meinem Hof vorbei.»

«Hätten Sie vielleicht etwas Wasser ...?»

Er holte seine Thermosflasche aus dem Rucksack.

«Ich habe eine ziemlich lange Wanderung hinter mir und ...»

«Hab das gar nicht gerne, wenn man mich auf den Arm nehmen will.»

Um sie herum scharrten Hühner in der Erde. In angemessener Entfernung wartete ein großer Hund mit melancholischem Blick auf den Befehl, den Eindringling aufzufressen. Margot ließ Pulp nicht aus den Augen, finstere Augen in einem Mondgesicht. Ihre hellbraunen Haare waren kurz geschnitten, ihre karminroten Lippen dünn, fast feminin; Margot öffnete sie beim Sprechen kaum, man hätte meinen können, sie sei Bauchrednerin, und die Laute, die sie hervorbrachte, erinnerten mehr an Felsgeröll als an helles Quellwasser. Gabriel verstaute die Thermosflasche wieder in seinem Rucksack.

«Na gut, ich werde die Karten offen auf den Tisch legen ...»

«Hab keine Lust zum Kartenspielen. Besser, du verschwindest von hier.»

«Ich würde Ihnen nur gern ein paar Fragen stellen.»

Ein Huhn hatte sich dem Baumstumpf genähert. Mit einer Flinkheit, die Gabriel ihr nicht zugetraut hätte, griff Margot sich den Vogel, der unter frenetischem Flügelschlagen zu kacken anfing. Seine Qualen waren nicht von langer Dauer. In Windeseile drehte Margot ihm den Hals um. Der Vogel gab ein gurgelndes Geräusch von sich. Margot warf ihn zur Seite. Daß er sich wieder hochrappelte, kümmerte sie wenig. Mit zwischen den Pfoten baumelndem Kopf flüchtete er, kam jedoch nicht sehr weit. Plötzlich fiel er in den Staub, und der Hund, der offenbar nur darauf gewartet zu haben schien, stürzte sich auf ihn. Er hätte gut und gerne drei solcher Hühner in seinem Maul unterbringen können. Mit flehendem Blick sah er sein Frauchen an, wie um sie um Erlaubnis zu bitten, und dann begann er, das unvorsichtige Huhn geräuschvoll zu zermalmen. Die anderen Hühner hatten das Weite gesucht; man ist eben ein dummes Huhn, oder man ist es nicht. Gabriel fühlte sich ziemlich einsam.

«Was für Fragen?» maulte Margot.

«Ich untersuche den Tod Ihres Nachbarn», brachte Gabriel schluckend hervor, «Jean-Baptiste Puchol.»

Margot zuckte nicht mit der Wimper. Ihr Blick sagte: ‹Du bist hartnäckig, mein Kleiner, sehr hartnäckig, und das gefällt mir ganz und gar nicht.› Doch wider Erwarten schien sie jetzt umgänglicher zu werden, und sie deutete sogar ein Lächeln an, wodurch eine ganze Reihe kariöser Zähne entblößt wurde.

«Ich dachte, der Fall wäre abgeschlossen ...»

«Jean-Baptistes Mutter glaubt nicht an die Existenz des Bären, sie hat mich gebeten, Nachforschungen anzustellen, ich war ein Freund von Jean-Baptiste, wir haben zusammen an der Uni studiert ...»

«Jean-Baptiste hatte nur schlechten Umgang ...»

Pulp überhörte ihre Bemerkung.

«Ihr Hof liegt doch nicht sehr weit von seinem entfernt ...»

«Ich hab den Gendarmen schon alles gesagt, was ich weiß, ich hab nichts gesehen, nichts gehört. In der Nacht damals hab ich geschlafen.»

«Aus dem Autopsiebericht geht hervor, daß er gegen acht Uhr abends getötet wurde ...»

«Sag ich doch: Ich hab geschlafen.»

«Ich habe mir gesagt, wenn ein Bär in der Gegend

herumgelaufen wäre, hätte Ihr Hund ihn wittern müssen, er hätte Angst gekriegt und angefangen zu bellen. Vielleicht sind Sie ja irgendwann davon wach geworden ...»

«Mein Hund ist kein Angsthase ... Du kannst es dir jetzt aussuchen: Entweder du verschwindest von alleine, oder ich hol mein Gewehr ...»

Gabriel verschwand von alleine, mit kurzen Schritten ging er den Abhang wieder hinauf, wobei er versuchte, so ruhig wie möglich zu wirken. Doch das Blut pochte an seinen Schläfen, und als er den Weg erreichte, war seine Kehle ausgetrocknet. Verdammte Scheiße, dachte er, ich hab Angst gekriegt, und ich hab immer noch Angst. Ganz zu schweigen von einem elenden Gefühl von Frustration. Und das gefiel ihm nicht, überhaupt nicht! Wehe, wenn ihm jetzt jemand in die Quere gekommen wäre, dann hätte es geknallt! Wie ein wildgewordener Stier rannte er zum Gästehaus und, als hätte das nicht gereicht, um seine Nerven zu beruhigen, noch ein Stück weiter, bis seine Gelenke schmerzten. Mit einer kalten Dusche löschte er schließlich den Rest der Glut, die seinen Magen verbrannte.

14

PULP und die Opfer der Berge

Ein weiteres Problem in den Bergen ist es, daß man Zeit braucht, um von einem Punkt zu einem anderen zu gelangen. Gabriel war am frühen Nachmittag aufgebrochen, und seitdem waren vier Stunden vergangen. Wenn das in dem Tempo weiterging, fragte er sich, ob die Nacht sich nicht bald herabsenken würde, um so mehr, da der Himmel schon ziemlich dunkel geworden war und dicke Wolken über dem Gebirgsmassiv heraufzogen.

Gabriel hatte nicht das Gefühl, in der Sache auch nur einen Schritt vorangekommen zu sein. Mit Vincent Depoorter hatte er vermutlich die beste Gelegenheit verpaßt, etwas Licht in dieses Durcheinander zu bringen. Er hätte ihn bis aufs Blut reizen müssen. Statt dessen war der Vogel mit dem Eindruck fortgeflogen, eine gewisse Zuneigung zu ihm gefaßt zu haben. Wenn der ihn morgen sitzen lassen würde, müßte er ihm hinterherlaufen. Gabriel spürte, daß er seine Chance nicht genutzt hatte. So etwas durfte nicht wieder passieren.

Dies war kein Gelände für kleine Schritte. Blindlings drauflosschlagen, den Feind vernichten. Auf was losschlagen? Welchen Feind vernichten? Gabriel war bisher nicht einmal einem einzigen Jäger begegnet. Und drauflosschlagen konnte er im Moment nur auf den riesigen Felsenhaufen, den er vor sich sah!

Schließlich sind die Berge auch bestens geeignet, den Blues zu kriegen. Gabriel war völlig aus der Spur. Dazu paßte diese verfluchte Stille, seine Einsamkeit und die Demütigung, die er eingesteckt hatte.

Margot Lacoste war stämmig und grausam, und sie war taub, denn wie sonst sollte man es sich erklären, daß sie an jenem Abend nichts gehört hatte? Vor allem da das Gehöft namens Laspe sich direkt gegenüber ihrem Hof befand. Im Gebirge tragen die Geräusche weit, das bestätigte ihm gerade der Lärm einer Schafherde, die von der Sommerweide ins Tal getrieben wurde.

Es sei denn, das Wetter war beschissen. Regen. Wind aus der entgegengesetzten Richtung.

Gabriel ging den abschüssigen Weg zur Telefonzelle hinunter. Das staatliche Wetteramt teilte ihm mit, daß es in der fraglichen Nacht windstill gewesen war, daß es aber geregnet hatte. Nicht daß die Flüsse übers Ufer getreten wären, aber immerhin … Also gut!

Wenn du deinen Hintern nicht bewegst, Gaby, wird auch nichts passieren. Dann kannst du genausogut deinen Rucksack packen und mit eingezogenem Schwanz nach Paris zurückfahren.

Immerhin hatte Gabriel ein paar Fährten gelegt und ein paar Köder ausgeworfen. Vielleicht war es nun an der Zeit, die Angelleine einzuholen.

Er schlug sein Buch auf, so als könnte er darin Hilfe finden, Trost, eine Lösung.

Sie nimmt eine Handvoll Schnee vom Balkon des Hotelzimmers auf, kommt damit lachend zum Bett und reibt mein Geschlecht ab.

Ja, wunderbar …

15
PULP und die Opfer der Berge

Gabriel konnte nicht sogleich aus Eylie hinausfahren. Eine Schafherde, wahrscheinlich dieselbe, deren Glocken er auf dem Berg gehört hatte, durchquerte das Dorf. Zwei Hunde brachten die aufsässigen Schafe wieder auf den rechten Weg zurück, während ein Schäfer in einem Allrad-Lada das Ende der Prozession bildete und das Tempo bestimmte. Eines Tages, dachte Pulp, wird man Schäferhunde auf dem Motorrad fahren sehen. Die Welt entwickelte sich nicht zu ihrem Besten.

Ein alter Mann, auf seinen Stock gestützt, die Baskenmütze wie angewachsen auf dem Kopf, die

Selbstgedrehte im Mundwinkel, beobachtete den Zug. Gabriel stieg aus und ging zu ihm. Ohne daß er ihn danach hätte fragen müssen, teilte der Alte ihm seine Gedanken mit:

«Meinen Sie etwa, bei den Tausenden von Schafen auf dem Berg hätte es ein Bär nötig, ins Tal runterzukommen, um nach etwas Eßbarem zu suchen?»

«Die Zeitungen ...»

«... schreiben dummes Zeug! Außerdem ist er nur getötet worden, mehr nicht ... An der ganzen Geschichte ist etwas faul ...»

«Das erklärt, warum die Leute nicht gerade in Panik geraten ...»

«Kein Mensch verdient so ein Schicksal, selbst Jean-Baptiste nicht ...»

«Wie war er?»

«Jean-Baptiste? Ein Spinner war er, ein gottverdammter Spinner! Sehen Sie sich die Häuserdächer hier an ...»

Die meisten Dächer bestanden aus Schiefer, andere aus Wellblech, neu oder ziemlich verrostet.

«Also, immer mehr Schieferdächer werden durch Wellblech ersetzt, das sieht nicht sehr schön aus, ist aber billiger, und außerdem, im Winter, wenn Schnee fällt, sieht man den Unterschied nicht ... Also, ich erzähl Ihnen mal was, Jean-Baptiste wollte das Wellblech wieder entfernen lassen, wochenlang ist er mit einer Petition rumgerannt, nur ein paar Feriengäste haben unterschrieben, Pariser vermutlich, vielleicht auch welche aus Toulouse ... Wissen Sie, wie man die Toulouser nennt? Kartoffelkäfer! Mehr brauch ich Ihnen wohl nicht zu sagen. Nein, Jean-Baptiste war übergeschnappt, aber deswegen mußte er nicht auf diese Weise enden ...»

Der Alte legte eine Verschnaufpause ein. Die Herde entfernte sich langsam und ließ Exkremente zurück, die größer als Tannenzapfen waren.

«Die scheißen uns immer das ganze Dorf voll … Aber ich geh Ihnen mit meinen Geschichten bestimmt auf die Nerven … Sind Sie zum Wandern hier?»

Jean-Baptiste hatte eine Manie: Eisen. Die Fabrik, die die Berge verschandelte, das Wellblech auf den Dächern. Gabriel mußte jede Spur aufgreifen. Denn für diesen Mord gab es ein Motiv. Und Jean-Baptiste hatte vielleicht seine Nase in Dinge gesteckt, in die er sie nicht hätte stecken sollen, weil sie irgendwelche Privatinteressen tangierten.

«Ich bin studienhalber hier», log Gabriel, «ich schreibe eine Doktorarbeit über die Mine, über ihren Einfluß auf das Leben im Tal, die soziologischen und ökonomischen Aspekte, eine umfangreiche Arbeit. Ich habe die Archive durchstöbert, und nun möchte ich mir persönlich ein Bild von der Fabrik machen …»

«Ah ja! Da sind Sie bei mir richtig, könnte man sagen. Darf ich mich vorstellen: Marcel Bordenave.»

«Angenehm … Emmanuel Durie, vom Nationalen Forschungszentrum.»

«Ich hab eine hübsche Anzahl von Jahren im Pochwerk gearbeitet.»

Und auf diesem Gebiet war Marcel eine unerschöpfliche Quelle.

Um die Jahrhundertwende war es, daß der Bergbau im Biros in voller Blüte stand. Zwischen 1895 und 1907 wurde die Mine von Bentaillou von englischen Gesellschaften ausgebeutet, danach gab es zahlreiche Rückschläge. 1913 wurden die Arbeiten von einer französischen Gesellschaft in Sentein wiederaufgenommen, und 1927 stürzten die Weltmarktpreise für Zink in den Keller, was das Ende der Förderung zur Folge hatte. 1943 wurde die Mine von der Bergbauvereinigung der Pyrenäen wieder in Betrieb genommen, und zu der Zeit hatte Marcel Bordenave, damals ein junger Mann, zehn Jahre lang dort gearbeitet, bis die Mine infolge eines erneuten Preissturzes für Zink und Blei wieder geschlossen wurde. Zwei weitere Wiederbelebungsversuche, von 1961 bis 1963 und von 1972 bis 1975, endeten mit Mißerfolgen.

«Das war unser Broterwerb, diese Mine. Jean-Baptiste wetterte dagegen. So ganz unrecht hatte er nicht, gehen Sie mal in Richtung Port d'Urets, dann werden Sie's sehen ... Er sagte, er würde unsere Landschaft säubern, und koste es sein Leben! Aber wir, wir Alten, wir sind uns darin einig, die Fabrik, das ist unsere Vergangenheit, unsere Erinnerung, also bleiben die Gebäude stehen, jedenfalls werden wir keinen Finger krumm machen, um das zu ändern. Die Minen des Biros-Tals, das ist unser Erbe, in unseren Augen besitzen sie eine viel größere Bedeutung als die Grotten von Niaux!»

«Könnte es sein, daß jemand Jean-Baptiste deswegen umgebracht hat?»

«Meiner Meinung nach nein, klipp und klar nein. Verrückte gibt es immer, wegen so einem haben wir bis jetzt noch nie den Kopf verloren.»

«Und Gold wurde in den Bergen hier noch nie gefunden?»

«Fehlanzeige!»

«Kennen Sie Gaston Peyrotet?»

«Gaston ist ein Blödmann.»

Marcel Bordenave erzählte ihm noch in allen Einzelheiten die Geschichte des Elektrizitätswerks, des Araing-Sees und des Staudamms in Eylie, ein wahrhaft kühnes Unterfangen, denn als der Damm 1935 gebaut wurde, war es der größte in Frankreich, mit 1040 Metern Höhe und einem Druck von 104 kg pro Kubikzentimeter auf die Schraubenblätter der Pelton-Turbine. Überwältigt von der Flut technischer Daten, flehte Gabriel um Gnade und gab vor, in Sentein erwartet zu werden, was vielleicht gar nicht so falsch war.

Das mußte er Gérard sagen, daß die Menschen hier gar nicht so schweigsam waren, wie er dachte. Und daß er ganz schön viele Vorurteile hätte.

16

Vorsichtig fuhr Gabriel nach Sentein, die Fahrbahn war rutschig, die Schafe hatten eine gute Verdauung gehabt. Er stellte den Allrad auf dem Dorfplatz ab und lenkte seine Schritte ins Bistro.

Derselbe Alte stand an der Theke, als ob er sich seit dem Morgen nicht von der Stelle bewegt hätte. Wenn Gabriel ihn nicht mit eigenen Augen hätte hinausgehen sehen, hätte er nicht eine Sekunde daran gezweifelt. Er suchte keinen Streit mit ihm, also setzte er sich an einen Tisch neben dem Ofen.

Camille kam zu Pulp, Pulp lächelte Camille an, Camille lächelte Pulp an, Pulp … Gut, das reicht!

«Soll ich dir einen Aperitif bringen?»

Sie duzte ihn jetzt mit einer Selbstverständlichkeit, die ein geheimes Einverständnis zwischen ihnen vermuten ließ. Die Tatsache, daß er ihren Streit mit Vincent mitgekriegt hatte, spielte dabei sicherlich eine Rolle, sagte sich Gabriel.

«Hast du … Bier?»

«Es sind noch ein paar Flaschen *San Miguel* da …»

«Ein paar?»

«Fünf oder sechs.»

«Dann reservier sie doch bitte für mich, wenn es dir nichts ausmacht.»

«Es macht mir nichts aus.»

An der Wand hingen zwei Plakate, eins kündigte eine Tombola in Antras an, das andere eine Kastagnade in Bornac.

«Was ist denn eine Kastagnade?» fragte er, nachdem sie eine Flasche *San Miguel* und ein Glas auf den Tisch gestellt hatte.

«Ein Kastanienfest, die Leute aus dem Dorf kommen zusammen, essen geröstete Kastanien und trinken was dazu …»

Kastagnade, das erinnerte an Kastagnette, was Pulp sehr gefiel. Lächelnd trank er sein *San Miguel*. Das Bier war kühl und leicht. Er hatte das angenehme Gefühl, das kleine Jesuskind husche auf Socken seine Kehle hinunter …

An der Wand hingen außerdem noch der Kopf eines Wildschweins, ein Jagdhorn und zwei gerahmte Bilder. Das erste zeigte einen auf den Hinterbeinen stehenden Bären mit einem Maulkorb. Der Mann, der neben ihm stand, war sehr viel kleiner, er hielt ein Tambourin in der Hand und blickte stolz in die Kamera. Er trug eine Baskenmütze, Holzschuhe, ein bauschiges Hemd und darüber eine Weste, die zu seiner dicken Wollhose paßte. Das Foto stammte offensichtlich aus den zwanziger Jahren.

Die andere Fotografie war jüngeren Datums, auf

ihr war ein Radrennfahrer abgebildet, der für die Nachwelt posierte, an der einen Hand sein Rennrad, in der anderen einen Siegerkranz. Er war nicht weniger stolz als der Bärenführer.

Und dann hing da noch ein Foto von einem Bernhardiner. Dieses Bild rief bei Gabriel eine Welle der Melancholie hervor. Für einen Moment zog sich sein schweres Herz zusammen. Er mußte an Cheryl denken, sie hatten sich in der Grundschule kennengelernt, in der Rue Saint-Bernard …

Heute abend bot *Au Bon Coin* ein Menü an: Suppe, Wurstteller, Forelle «Müllerin», Käse und Dessert. Für 45 Francs. In Paris galten andere Tarife.

Gabriel fraß wie ein Scheunendrescher und begoß die Mahlzeit mit dem wohltuenden *San Miguel.* Camille kümmerte sich rührend um ihn und lächelte ihm unaufhörlich zu. Der Alte an der Theke nickte über seinem Glas ein. Gabriel nahm sich vor, eine ernsthafte Unterhaltung mit Camille zu beginnen.

In diesem Moment jedoch betraten zwei Männer das Bistro. Sie setzten sich an einen Tisch gegenüber der Theke und fingen an zu plaudern.

Sie waren beide in den Fünfzigern. Der eine trug eine schwarze Augenklappe über dem linken Auge, der andere eine Art Ulanenmütze auf dem Kopf, eine *Tschapka.* Sie bestellten einen Krug Rotwein.

Augenklappe erzählte von dem Mißgeschick eines Pechvogels namens Maurice.

«Stell dir vor, Maurice hatte die Gams direkt vor der Flinte, konnte gar nicht danebenschießen, aus der Entfernung …»

«Und Maurice hat natürlich danebengeschossen!»

«Du wirst lachen! Eine Kugel direkt ins Herz, na ja, wenigstens sagt er das …»

«Die Gams hatte eine kugelsichere Weste an!»

Augenklappe brach in schallendes Gelächter aus.

«Nein, ganz im Gegenteil, aber das arme Tier stand am Rande einer Schlucht, und wie immer bei Maurice, es stürzte hinunter, und natürlich keine Möglichkeit, das Tier zu bergen, wird wohl da unten vor sich hin faulen ...»

«Ach, da mach dir mal keine Sorgen! Um die Gams haben sich schon längst die Geier gekümmert ...»

Gabriel spürte, wie ihn eine Gänsehaut überlief. Der ersehnte Augenblick! Es war soweit! Der Feind saß direkt vor ihm. Das wird gleich was geben, dachte er beinahe laut. Sein Puls beschleunigte sich, sein Herz machte bum-bum. Augenklappe und Ulanenmütze kümmerten sich nicht um ihn, sie tauschten Jagderinnerungen aus, sprachen über den morgigen Tag, ihre Gewehre lagen schußbereit im Wagen, morgen werde es knallen ...!

Jawohl, das wird knallen ... bum-bum, bum-bum ...

Camille kam wieder zu Pulp an den Tisch. Sie fragte ihn, ob sie ihm einen Kaffee bringen solle. Er antwortete leise, nein, er sei ohnehin schon ziemlich aufgeregt.

«Sag mal, Camille, kannst du mir einen Gefallen tun?»

Sie bejahte, und er flüsterte ihr etwas ins Ohr, und plötzlich überkam ihn das Verlangen, an diesem Ohr zu lutschen. Unverbesserlicher Pulp!

Camille ging langsam hinter die Theke zurück. Sie warf ihren Lappen auf das Zinkblech und stemmte die Fäuste in die Hüften.

«He!» rief sie in den Schankraum. «Wißt ihr was, Leute?»

Augenklappe und Ulanenmütze bewegten ihre Köpfe nach links und rechts.

«Der Junge da drüben ist ein kleiner Witzbold!»

«Ach ja?»

«Hmm, er fragt, ob hier vielleicht jemand ist, der seine Petition unterschreiben würde!»

Der Alte an der Theke war gar nicht eingeschlafen; ohne sein Glas ausgetrunken zu haben, suchte er das Weite. Stühlerücken. Stiefelgescharre auf dem Boden. Die beiden Jäger drehten sich um und musterten Pulp eingehend. Stille kehrte in dem Bistro ein. Noch nie hatte Gabriel so viel gebündelten Abscheu gespürt, einen Abscheu, der schon an wilden, blutrünstigen Haß grenzte.

Gabriel setzte ein unschuldsvolles Lächeln auf.

«Ich heiße Marc Sevestre, ich gehöre der VJG an, der Vereinigung der Jagdgegner ... Sie kennen vielleicht unsere Organisation ...»

Man hätte den Wind über das Fallbeil einer Guillotine streichen hören können. Ulanenmütze fiel die Kippe aus dem Mund, die bis dahin an seiner violetten Unterlippe geklebt hatte. Das Gesicht von Augenklappe, einschließlich der Augenklappe, ließ erahnen, daß in ihm ein tollwütiger Wolf schlummerte. Ein Wolf der übelsten Sorte.

Sie fuhren fort, ihn mit haßerfüllten Augen und zusammengebissenen Zähnen anzustarren.

«Die Jagd», setzte Gabriel noch einen drauf, «ist ein Sport für höchstgradig Schwachsinnige, na ja, nur gewisse Leute betrachten es als Sport ... Sind Sie nicht meiner Meinung?»

Gabriel stand gemächlich auf, doch die beiden Jäger schienen nicht beeindruckt von seiner Körpergröße. Düster beobachteten sie ihn, wie er zur Theke schlurfte. Gabriel bezahlte Essen und Bier, er hatte vier Flaschen getrunken.

«Ich gehe mal eben die Petition holen, sie liegt in meinem Wagen, bin gleich wieder hier …»

Pulp entging nicht der Blick, den Augenklappe und Ulanenmütze miteinander tauschten.

«Sagen Sie, Camille», rief er, schon in der Tür, «wie heißt das noch mal, dieses Kastanienfest? Hab's wieder vergessen …»

«Eine Kastagnade.»

«Ach ja, eine Kastagnade.»

17

PULP und die Opfer der Berge

Gabriel schaute prüfend zum Himmel, es zeigte sich kein Stern, die Nacht war ruhig. Das ferne Bellen eines Hundes war nur gedämpft zu vernehmen. Pulp stand mit dem Rücken zum Bistro. Er wartete. Die Tür würde sich bald öffnen.

Am Geräusch ihrer Schritte konnte Gabriel sich den Weg vorstellen, den die beiden Jäger gingen. Für den Bruchteil einer Sekunde blieben sie in der Tür stehen, dann überquerten sie die Fahrbahn, gingen knirschend über den Kies des Platzes. Dort, nicht weit von Régis' Toyota entfernt, stand ihr Wagen. Sie öffneten den Kofferraum, um ihn eine Minute später wieder zu schließen. Gemessenen Schrittes kamen sie auf ihn zu.

Gabriel spürte den Lauf eines Gewehres in der rechten Nierengegend, einen zweiten unter dem obersten Wirbel. Gabriel unterdrückte ein Schaudern und lächelte still in sich hinein.

«Vorwärts, mein Junge, immer der Nase nach, wir gehen Champignons suchen …»

Augenklappe und Ulanenmütze nahmen ihn in die Mitte. Mit ihren Gewehrläufen wiesen sie den Weg. Sie ließen das Dorf hinter sich, bogen von der Straße auf einen Weg ein, der den Lez entlangführte. Sie kamen zu einer kleinen Holzbrücke, überquerten sie. In der Dunkelheit zeichnete sich mitten auf einer Weide eine Scheune ab, sie steuerten darauf zu. Die ganze Zeit über machte sich Pulp kleiner, als er in Wirklichkeit war. Ulanenmütze schob das Scheunentor auf, und Augenklappe stieß Gabriel hinein. Ulanenmütze zündete eine Petroleumlampe an, die an einem Stützbalken hing.

«Du bist also von der VJG!» brüllte Augenklappe. «Du hast wirklich Mut, mein Junge!»

«Meistens!» entgegnete Pulp lächelnd.

«Und machst dich auch noch über mich lustig! Los, deine Papiere, oder du kannst was erleben!»

Gabriel hatte nur den Ausweis auf den Namen Serge Vandamne sowie den Brief vom Museum bei sich. Doch er hatte ohnehin nicht die Absicht, vor diesen beiden Kuhbauern die Hosen runterzulassen.

Ulanenmütze stellte sich neben Augenklappe. Beide richteten sie ihre Gewehrläufe auf Gabriels Bauch. Aber sie standen zu nah, viel zu nah. Soviel verlangte Gabriel gar nicht.

In weniger als drei Sekunden hatte Pulp den Spieß umgedreht. Er packte Augenklappes Gewehrlauf, änderte die Schußrichtung und riß Augenklappe das Gewehr aus der Hand. Schwungvoll setzte der Kolben seine Bahn fort und knallte Augenklappe gegen das Kinn, so daß er umfiel. Ein Kolben, zwei Schläge. Gabriel hielt in seiner Bewegung nicht inne. Wie eine Sense sauste das Gewehr durch die Luft, es hatte sogar noch an Fahrt gewonnen, und Ulanenmütze krachte, an der Stirn getroffen, gegen einen der Balken. Gabriel nahm ihm das Gewehr ab und zerschmetterte den Kolben auf dem Boden. Er schüttelte Ulanenmütze kräftig, doch der lag wie ein kaputter Hampelmann am Boden. Er hatte seinen Teil abgekriegt und würde viele Stunden schlafen …

Gabriel ließ seinen Blick umherwandern. An einem Balken entdeckte er einen stabilen Fleischerhaken. Den benutzte man wohl zum Schweineschlachten. Mit einer Leichtigkeit, die ihn selbst überraschte, packte er Augenklappe und hängte ihn an den Haken. Sogleich fing Augenklappe an, mit den Beinen zu zappeln. Pulp hatte lange Arme, und so mußte Augenklappe das Gefühl haben, daß der Boden unter ihm versank. Er schloß die Augen, so als würde ihm schwindlig. Mit einer saftigen Ohrfeige holte Gabriel ihn wieder ins Leben zurück. Nein, mit zwei Ohrfeigen. Dann hob er das zweite Gewehr vom Boden auf.

«Und nun zu uns, alter Freund!» knurrte er, schäumend vor Wut.

«Hängen Sie mich hier ab, bitte!»

«Sieh mal einer an, wie höflich du plötzlich sein kannst, du Dreckskerl!»

Pulp ging zu ihm. Mit dem Gewehrlauf machte er den Gürtel auf, die Hose rutschte Augenklappe von den Beinen und lag dann korkenzieherförmig vor seinen Füßen, die Unterhose war gleich mit runtergerutscht, eine braune Schleifspur zeichnete sich darin ab. Angeekelt verzog Gabriel das Gesicht.

«Bitte, hängen Sie mich ab!»

«Wenn du weiter so rumzappelst, spießt du dich noch selbst auf, das wird gar nicht schön aussehen …»

«Was wollen Sie?»

«Das ist mal 'ne gute Frage! Ich werde es für dich nicht zehnmal wiederholen, hab schon genug Zeit verloren ...»

«Ich unterschreib sie, Ihre Petition, und mein Freund auch ...»

Gabriel lachte höhnisch, so daß es Augenklappe kalt über den Rücken lief.

«Wer hat Jean-Baptiste Puchol umgebracht?»

Verblüfft riß Augenklappe das eine Auge weit auf.

«Weiß ich nicht.»

«Wenn du mir nicht sagst, wer den armen Jean-Baptiste umgebracht hat, dann wirst du dein blaues Wunder erleben, das versprech ich dir!»

«Der Braunbär!»

«Den Braunbären gibt es sowenig wie Butter am Spieß!»

Gabriel richtete das Gewehr auf die Stirn von Augenklappe, der sich in die Hose machte, oder besser gesagt, frei in die Gegend pinkelte, denn er hatte ja keine Hose mehr an. Er hing an seinem Fleischerhaken und zappelte heftiger denn je. Seine Drillichjacke war von ausgezeichneter Qualität, sie krachte, aber sie riß nicht.

«Nein, ich hab 'ne bessere Idee ...»

«Jean-Baptiste war ein Spaßvogel, er hat uns oft zum Lachen gebracht, ja, ein richtiger Freund war er!»

«Auch als er euch gebeten hat, seine Petitionen zu unterschreiben?»

«Oh, über seine Petitionen haben wir uns amüsiert, und außerdem hat er selbst nicht daran geglaubt, wollte sich nur lustig machen, keinem wär es in den Sinn gekommen, ihn deswegen zu erschießen ...»

«Ich hab 'ne bessere Idee, sagte ich ...»

Pulp setzte eine nachdenkliche Miene auf, dann grinste er wie Gary Oldman in *Léon*.

«Weißt du, alter Freund», begann er ganz leise, «ich schiebe dir den Lauf deines Gewehres in den Arsch, schön senkrecht, das wird dir nicht besonders weh tun, du hast ja gut vorgesorgt, und dann stelle ich dir meine Frage noch einmal, und wenn du dann wieder sagst, daß du nichts weißt, drücke ich ab, stell dir vor, was für ein Trip! Das ganze Blei, das dir ins Hirn spritzt, das kommt gut, ein hübsches Gefühl, so als würdest du mit einem Schlagbohrer vögeln!»

Gabriel schaute nach rechts, dann nach links. Die Lösung kam von links, sie kommt meistens von links, na ja, jedenfalls kommt sie viel weniger häufig von rechts. Eine Öljacke lag auf einem Stapel Heu. Gabriel zog sie sich ganz langsam über.

«Was machen Sie da, verdammt?»

«Ich möchte mich ungern schmutzig machen», erklärte Pulp in aller Ruhe, während er die Schnur der Kapuze verknotete, die er über seine Schirmmütze gestülpt hatte.

Daraufhin ging er brummend zu Augenklappe, stellte sich hinter ihn und schob ihm den Gewehrlauf zwischen die schlaffen Arschbacken. Augenklappe hatte den letzten Rest an Selbstbeherrschung verloren. Er schluchzte, kurz davor, in Tränen auszubrechen.

«Also! Wer hat Jean-Baptiste Puchol umgebracht?»

«Das weiß ich nicht! Es war kein Jäger, ich schwör's Ihnen, wenn es ein Jäger gewesen wäre, hätte es Gerüchte gegeben, Andeutungen von dem einen oder andern, Prahlereien, aber da war nichts …»

«Eins … zwei … drei …»

Gabriel drückte ab. Augenklappe versagte der Atem wie bei einem Erstickungsanfall. Der Bolzen schlug ins Leere, was einen dumpfen Ton verursachte. Gabriel hatte unauffällig die Patronen herausgenommen, denn das Gewehr – verdammte Scheiße! – war geladen gewesen, sie hatten ihn, Pulp, bedroht, und ihre Gewehre waren geladen gewesen! Er fühlte sich plötzlich sehr erschöpft, all sein Haß war aus ihm gewichen. Augenklappe hatte es die Sprache verschlagen.

«Also gut, du hast geglaubt, das Gewehr wäre geladen. Du hast die Wahrheit gesagt.»

«Oh, danke!»

Mit letzter Kraft zerschmetterte Gabriel das Gewehr.

«Komm in Zukunft bloß nicht noch mal auf die Idee, mich damit zu bedrohen, das vertrage ich überhaupt nicht …»

«Aber … wer sind Sie?»

«Wenn man dich danach fragt, sagst du einfach, du hättest den fürchterlichen Schneemenschen gesehen.»

Blindlings drauflosschlagen. Den Feind vernichten. Handeln durch ausmerzen. Mehr denn je nach dem Prinzip Maos: Vertraue auf deine eigene Kraft. Scheiße, wenn Mao doch nur Anarchist gewesen wäre …

18

Ganz in Gedanken versunken, bemerkte Pulp nicht, daß er noch immer die Öljacke anhatte, als er sich bereits wieder auf der Straße nach Sentein befand. Mehrere Autos fuhren vorbei, aber keines hielt an oder verlangsamte die Fahrt; es schien Pulp sogar, daß sie beschleunigten, als sie ihn sahen. Ein Riesenfrosch, direkt aus einem Horrorfilm, das erweckte in dieser Gegend keinerlei Aufmerksamkeit. Gabriel zog die Öljacke aus und warf sie in den Graben.

Gabriel stieg in den Wagen. Camille kam kurz nach Mitternacht aus dem Bistro, er fing sie mit dem Lichtkegel der Scheinwerfer ein. Sie bedeckte ihre Augen mit dem Arm und lief ein paar Meter weiter, um in die Dunkelheit zu entwischen.

«Camille!»

Camille näherte sich, und Gabriel forderte sie auf einzusteigen.

«Ist alles gutgegangen?» fragte sie.

«Wir haben in Ruhe über dieses und jenes geplaudert ...»

«Du bist wirklich ein komischer Kerl!»

«Tja.»

Gabriel zuckte mit den Achseln, er riskierte einen genießerischen Blick auf ihre feinen Gesichtszüge, ihre wohlproportionierte Figur, ihre so erregend blasse Haut.

«Und wenn ich jetzt den Motor anlasse, wenn ich mit dir zum Gästehaus fahre, wenn ...»

«Du bist ja sehr direkt!»

«Die Jungs von der VJG haben einen dicken Schädel, aber ihr Herz ist weicher als eine Aprikose!»

Camille lachte fröhlich. Gabriel drehte den Zündschlüssel herum und fuhr los. Auf der Strecke nach Eylie huschte ein Hase durch den Lichttunnel, den die Scheinwerfer in die Dunkelheit gruben. Gabriel machte einen plötzlichen Schlenker, der durch nichts gerechtfertigt war, und Camilles Wange wurde an seine Schulter gedrückt, wo sie auch blieb.

Gabriel entfachte ein Höllenfeuer im Kamin. Dann zog er sich aus. Nur seinen Slip behielt er an. Mit einem Handtuch über der Schulter ging er ins Bad, um eine heiße Dusche zu nehmen.

Als er wieder zurückkam, lag Camille nackt auf dem Schlafsack, den sie vors Kaminfeuer gelegt hatte, und sah träge verträumt in die Flammen. Gabriel legte zwei Scheite auf die Feuerböcke.

«Was hast du für große Augen!»

«Damit ich dich besser sehen kann, mein Kind.»

«Was hast du für lange Arme!»

«Damit ich dich besser an mich drücken kann.»

«Was hast du für einen …»

Camille verstummte und wurde rot.

«Und was machen wir jetzt?» fragte sie mit unschuldsvollem Blick.

Gabriel wühlte in dem Rucksack und zog sein Buch heraus, *Der weibliche Mechanismus*.

«Hier, schlag es auf, irgendwo …»

«Egal auf welcher Seite?»

Camille schloß die Augen und schlug das Buch aufs Geratewohl auf. Sogleich färbten sich ihre Wangen aufs entzückendste purpurrot.

«Soll ich lesen?»

«Ja, nur zu!»

«Seite 123 … *Erkläre mir, was das heißt: nach allen Regeln der Kunst vögeln.*»

Später kuschelte sich Camille an Gabriel, sie ließ die Finger über die kleine Tätowierung an seinem linken Oberarm wandern, ein A in einem Kreis. Gabriel dachte ohne Gewissensbisse an Cheryl, an ihren kleinen Frisiersalon in der Rue Popincourt, an ihre Wohnung direkt darüber, in der sie sich manchmal austobten, an ihr Bett, auf dem immer diese verdammten Plüschkänguruhs herumlagen. Cheryl verbarg vor ihm nicht, daß sie noch andere Liebhaber hatte; seltsamerweise aber redete er nur selten über seine Seitensprünge.

«Ich möchte nicht, daß du glaubst ...» murmelte Camille.

«Sag mal, war Jean-Baptiste ...»

Es folgte ein langes Schweigen, ohne daß Camille jedoch aufhörte, ihn zu streicheln.

«Du interessierst dich für ihn ...?»

«Ja.»

«Du möchtest wissen, wer ihn ermordet hat?»

«Vor dir kann man nichts verbergen.»

«Rätselst du über die Szene, die du heute morgen mitgekriegt hast?»

«Ich mach mir so meine Gedanken.»

«Na schön ... Ja, ich hatte mit Jean-Baptiste ein Verhältnis, er war nicht wie die anderen, er brachte mich zum Träumen. Männer die gegen Windmühlenflügel ankämpfen, die versetzen mich in Begeisterung. Du heißt nicht Serge Vandamne, nicht wahr?»

«Nein.»

«Und wie heißt du wirklich?»

«Nenn mich Pulp ... Und Vincent?»

«Er ist meiner Meinung nach zum Teil für Jean-Baptistes Tod verantwortlich. Sie waren alte Freunde ...»

Vincent hatte noch heute morgen das Gegenteil behauptet.

«Und dann, von einem Tag auf den andern, sind sie sich aus dem Weg gegangen. Ich glaube sogar, daß es sich zwischen ihnen immer mehr zugespitzt hat …»

«Du meinst, daß …»

«Nein, nur daß es welche gibt, die handeln, und andere, die nicht handeln, und die sind nicht weniger verantwortlich für das Unglück, das anderen zustößt, oder? Heute morgen hat Vincent mich davor gewarnt, zuviel auszuplaudern, und darüber hab ich mich aufgeregt. Das ist alles.»

«Das ist alles?»

«Ja.»

Wieder folgte ein langes Schweigen, und dann …

«Soll ich noch eine Stelle aus diesem wunderbaren Buch vorlesen?»

Diesmal schlug Gabriel selbst die Seite auf.

Insekten verschiedener Familien, die sich auf einem Grashalm begegnen. Berühren sich mit den Fühlern, dann geht jedes seiner Wege.

«He!» rief Camille, wobei sie so tat, als schmolle sie, «du kannst nicht nehmen, was du schon gehabt hast!»

19

PULP und die Opfer der Berge

Es war, offen gesagt, ein trübseliger Anblick, und schuld daran war nicht nur der Regen. Irgendwann war die Fabrik geschlossen worden, man hatte alles so stehen- und liegenlassen, war zur Tagesordnung übergegangen. Gabriel ging an Gebäuden entlang, die einmal den Verwaltungstrakt gebildet haben mußten. Die Holzvertäfelungen waren herausgerissen worden, um sie bei riesigen Lagerfeuern zu verheizen, deren Spuren noch auf der Erde zu sehen waren, und auf den Außenwänden prangten Graffiti mit Botschaften, die von den Besuchen von Menschen aus ganz Europa zeugten. Wie Vincent ihm später erzählte, dienten die Räume häufig als Notquartier für Wanderer, die durch ein Unwetter überrascht wurden.

In den kaputten Dächern ächzte der Wind. Die Fabrik lag am Hang, ihr Aussehen hatte etwas von Gebäuden im Westernstil an sich, was durchaus nach Gabriels Geschmack war. Riesige Maschinen im Innern beschworen vergangene Zeiten herauf. Einen Moment lang stellte Gabriel sich vor, wie Arbeiter sich an ihnen abmühten. Müllberge in den Ecken verstärkten noch den Eindruck von Verlassenheit und Verfall.

Vincent Depoorter war pünktlich.

«Weißt du, was ein Pochwerk ist?» fragte er.

«Nein.»

«Eine Maschine zum Zerkleinern von Erz.»

«Ah, das wurde also hier gemacht ...»

Trotz des Regens und des dämmrigen Lichtes trug Vincent eine Sonnenbrille. Sein Rucksack schien mit Steinen gefüllt zu sein. Nach seiner Kleidung zu urteilen, war dies nicht seine erste Wandertour. Gabriel zeigte zum Himmel.

«Bei dem Nebel läuft man nicht Gefahr, viele Gamsen zu sehen ...»

«Das ist kein Nebel, das sind Wolken.»

Vincent ging voran, und diese Position gab er nicht wieder auf. Er begann sehr forsch, und Gabriel kam trotz seiner langen, muskulösen Beine schnell aus der Puste, er schwitzte und keuchte wie ein Tuberkulosekranker. Von Zeit zu Zeit blieb Vincent stehen und betrachtete Gabriel grinsend. Doch sobald Gabriel zu ihm aufgeschlossen hatte, marschierte er weiter. Dicke Regentropfen tropften von Gabriels Mützenschirm, er versuchte, mit Vincent Schritt zu halten, doch ohne Erfolg. Nach jedem neuerlichen Weitermarsch ließ Vincent ihn rasch zig Meter zurück.

Zunächst führte ein langer, leicht ansteigender Weg quer über eine Weide, die mit moosbewachsenen Felsen übersät war und auf der *Mérens* weideten, robuste Pferde mit schwarzem Fell und dichter Mähne.

«Die Mérens», erklärte Vincent lustlos, «sind für die Ariège das, was die Jaks für Tibet sind.»

Sie gelangten zu einer Art Talkessel mit abrupt aufsteigenden dunklen Felswänden, die an manchen Stellen durch Geröllfelder und Wasserfälle unterbrochen wurden. Ein paar Bäume klammerten sich an das Felsgestein, sie hatten ausgefallene Formen angenommen. Danach schlängelte sich der nun steile Weg quer durch einen dichten Eichen- und Buchenwald, das Blattwerk zeigte bereits die Spuren des Herbstes, und einige Tannenmeisen zwitscherten in den Ästen.

Gabriel holte das Letzte aus sich heraus, manchmal hatte er das Gefühl, sein Herz wolle ihm den Dienst versagen, es schlug ihm bis zum Halse, bis an die Lippen, und mit verschleiertem Blick sah er Vincent hinterher, der immer mehr Vorsprung gewann. Er bedauerte, nicht gleich in der Fabrik auf ihn losgegangen zu sein. Die Situation entwickelte sich zu seinen Ungunsten, und das haßte er.

Sein Hirn arbeitete auf Hochtouren. In den Bergen, sagte er zu sich, kann man ausgezeichnet nachdenken, und man kann lange über ein und dieselbe Sache nachdenken, ohne ihrer überdrüssig zu werden, denn wenn man des Nachdenkens schnell überdrüssig wird, heißt das, daß man des Wanderns überdrüssig wird, und wenn man des Wanderns überdrüssig wird, dann hat man nichts, aber auch gar nichts in den Bergen zu suchen. Pulp wanderte, und er fing an, des Wanderns überdrüssig zu werden, und folglich …

Sie marschierten weiter bergan. Plötzlich teilten die Bäume sich wie ein Vorhang. Vincent verschwand in den Wolken, die Gabriel eine ganze Weile nach ihm erreichte. Er gönnte sich eine Ruhepause mitten in den Ruinen des ehemaligen Bergwerks von Bentaillou. Vincent war nicht mehr zu sehen. Mit Wut im Bauch stieg Gabriel über ein Gewirr von Eisenschrott hinweg.

Wut ist ein guter Treibstoff, und ohne sich dessen bewußt zu werden, erhöhte Gabriel deutlich das Tempo. Alsbald riß der Himmel auf, und er befand sich über den Wolken, die an den Felswänden unter ihm waberten. Erbarmungslos knallte die Sonne auf diesen Mantel aus Wattewolken wie auf die Brücke eines großen Segelschiffes. Zum Pic de l'Har hin standen Raubvögel in der Luft. Die Berge setzten sich wellenartig bis weit nach Osten fort. Linker Hand glaubte Gabriel den Crabère zu erkennen, und das erinnerte ihn an ein Aquarell des naturalistischen Malers Eric Alibert.

Gabriel konnte es sich nicht verkneifen, anerkennend durch die Zähne zu pfeifen, so fasziniert war er von dieser Schönheit. Das Panorama war überwältigend und hätte einen seltenen Grad an Perfektion erreichen können, wären da nicht diese verdammten Stützpfeiler und die Stahlseile gewesen, an denen schwere, vollkommen verrostete Kipploren hingen. Jean-Baptiste hatte zwar einen Knall gehabt, doch er war nicht verrückt gewesen. Gabriel mußte auch an Marcel Bordenave und an seinen Vortrag über den Respekt vor dem industriellen Erbe denken.

Doch dies war nicht der Augenblick, um seine Zeit zu vertrödeln. Vincent – er hatte ihn soeben ausgemacht – hatte einen beachtenswerten Vorsprung, mindestens dreihundert Meter Höhenunterschied. Er befand sich unterhalb des Bergkamms von Araing. Gabriel holte sein Fernglas aus dem Rucksack.

Für einen Ornithologen interessierte sich Vincent herzlich wenig für Vögel. Mit der Behendigkeit einer Ziege kletterte er weiter hinauf. Der Pfad war noch schmaler geworden, und auch wenn er durch Steinkegel markiert war, konnte man ihn in der Felswand praktisch nicht erkennen. Aus der Entfernung hätte man meinen können, Vincent hänge im Leeren, kurz davor, den Kamm zu erklimmen, und unter ihm gähnte der Abgrund. Wenn er abrutschte, würde er rund fünfzig Meter in die Tiefe stürzen, ohne die geringste Chance, mit dem Leben davonzukommen. Mitten auf dieser gefährlichen Strecke hockte Vincent sich für einen Moment hin. Ein seltsamer Ort, um sich seine Schuhe zuzubinden, dachte Pulp.

Gabriel hatte bei dem Aufstieg eine Menge Energie verbraucht, und da die Luft dünner geworden war, wurde ihm ein wenig schwindlig. Er trank seine Thermosflasche leer, verschlang mehrere Stücke festen Kuchen, dann marschierte er wieder los.

Die Vegetation hatte sich verändert. Das Gras war

dicht und rutschig. Die Blaubeer- und Rhododendronsträucher nahmen in der Sonne ihre warme, rötlichbraune Färbung an. Am blauen Himmel kreisten drei Geier.

Der Pfad stieg immer steiler an. Schließlich erreichte Gabriel das Stück, das er zu Recht als gefährlich eingeschätzt hatte. Einen Moment lang dachte er ernsthaft daran umzukehren. Übrigens handelte es sich nicht mehr um einen richtigen Weg, sondern um eine schräge, marmorglatte Felsenfläche, neben der links der Abgrund gähnte und rechts eine Steilwand aufstieg, die kaum einen Halt bot. Gabriel wurde von leichtem Schwindel erfaßt, in diesem Augenblick wäre er gerne nicht größer als ein Huhn gewesen, selbst wenn er dessen Intelligenz hätte erben müssen. Trotz seiner bequemen und sicheren Bergschuhe bewegte er sich vorwärts, als hätte er Rollschuhe an den Füßen, wobei er es vermied, zur Seite zu blicken. Er machte kurze Schritte. Bald wurde er zuversichtlicher und schritt mutiger aus, was er sogleich bereute.

20

PULP und die Opfer der Berge

Viel hätte nicht gefehlt, und das aufregende Leben des Pulp hätte ein Ende gefunden.

«Aufregend? Leck mich am Arsch!» brüllte Gabriel, um sich Mut zu machen.

Tja, und wenn er abstürzte, würde man ihn nach dem Winter irgendwo bergen, so gut wie ausgetrocknet. Obwohl die drei Geier am Himmel ihm dazu vielleicht keine Zeit lassen würden. Aber was kümmerte ihn das dann noch! Dennoch schien es Gabriel, daß sie sich ihm näherten, diese Biester. Vermehrten sich sogar noch, jetzt waren es fünf, die über ihm kreisten. Von wegen Gams! Die kannst du vergessen!

Im Moment aber hielt Gabriel sich tapfer. Er war abgerutscht, hatte sich aber ein Stück tiefer festgehalten. Daß er seine Hände in letzter Sekunde an der Steilwand anklammern konnte, grenzte an ein Wunder. Der Rucksack auf seinen Schultern wog schwer. Gabriel überlegte, ob er sich seiner entledigen sollte, doch dazu hätte er erst den einen, dann den anderen Arm bewegen müssen, wenn auch nur ein wenig, und dann hätte er sicherlich das Gleichgewicht verloren.

Und woran dachte Pulp die ganze Zeit über? Meinen Sie, die großen Momente seines Lebens seien plötzlich vor seinem geistigen Auge vorübergezogen? Ja? Also ... Nein! So ist Pulp nun mal. Als sein Leben bedroht war, dachte er an die Wonne, die ihm jetzt ein gutes Bier bereitet hätte! Ein Bier, das das Herz erfreut, wie *Angélus* oder *3 Monts*, sorgfältig gebraute Biere, wie in Annoeuillin, wie in Saint-Sylvestre-Cappel im Norden. Oder auch ein *Trompe la Mort*, Überliste-den-Tod, ein der Situation angemessenes Bier, das Ergebnis eines alchimistischen Prozesses, dessen Geheimnis auf die Zeit zurückging, als italienische Mönche in Bayern geweilt hatten. He, he!

Gabriel spannte seine Muskeln an, sein linker Fuß hatte einen kleinen Hohlraum im Felsen gefunden, und das verschaffte ihm Erleichterung. Er durfte sein Schicksal nur einmal herausfordern, nicht ein zweites Mal. Er bereitete sich mental darauf vor, der Körper würde dann schon folgen, daran zweifelte er keine Sekunde. Ein Klimmzug, ein einziger. Er erinnerte sich an das, was er über Steinböcke gelesen hatte. Davon gab es in den Pyrenäen nur noch ungefähr zwanzig, und zwar im Naturpark von Ordesa in Spanien. Um den Jägern zu entwischen, vertraut der Steinbock im Gegensatz zur Gemse nicht auf seine Schnelligkeit, sondern auf seine außergewöhnliche Behendigkeit; dieser Teufelskerl ist imstande, fast senkrechte Felswände hinaufzuklettern. Ein hervorragender Trumpf, der aber gegen eine Gewehrkugel nichts ausrichten kann. Die Jagd auf Steinböcke hat sich im 20. Jahrhundert zu einem Lieblingssport entwickelt, so daß die Art beinahe ausgestorben ist. So gesehen mußte Gabriel wohl eine ausgezeichnete Zielscheibe abgeben, es würde ihm nicht besser ergehen als dem Steinbock, sollte einen Trapper die Lust überkommen, ein hübsches Scheibenschießen mit ihm zu veranstalten, einfach nur so zum Spaß.

Aber seien wir nicht pessimistisch! Übrigens war Pulp von Natur aus nicht pessimistisch, auch nicht optimistisch; er sah sich dazwischen: optissimistisch … Und dann:

«Sieh dir das an, Roger!»

«Ich sehe, Robert, ich sehe …»

Gabriel hob den Kopf. Zwei Jäger hockten über ihm und beugten sich zu ihm herunter. Er sah nur ihre Gesichter, und obwohl er einen Moment lang das Schlimmste befürchtete, ließ er sich nichts anmerken. Sein Leben wäre nicht viel wert gewesen, wenn es sich bei den beiden um Augenklappe und Ulanenmütze gehandelt hätte.

Roger und Robert befanden sich mit geschultertem Gewehr rund sechzig Zentimeter über der Stelle, an der Gabriel abgerutscht war, und reichten ihm vorsichtig die Hand; Gabriel war sich noch nicht im klaren darüber, ob er ihnen vertrauen sollte ...

«He! Könnt ihr nicht noch ein bißchen näher kommen?»

«Ganz schön pfiffig, der Junge!»

Gabriel verstand nicht, was Roger damit sagen wollte. Pulp, von zwei Jägern gerettet, das war schon ziemlich schwer zu verdauen. Angeben konnte er jedenfalls damit nicht. ‹Und außerdem›, sagte sich Pulp in offenbarer Verkennung der Tatsachen, ‹hätte ich mich ganz gut alleine hier herausarbeiten können ...›

Als erster packte Robert seinen Arm. Ängstlich ließ Gabriel den Felsweg sausen. Gegen seinen Willen und durch den Willen von Sankt-Dingsbums, dem Schutzpatron der Trapper, schwang er nun wie ein Pendel in der Luft hin und her. Die beiden Männer begannen, ihn mühsam nach oben zu ziehen. Gabriel fragte sich, ob sie nicht gleich alle drei ins Leere stürzen würden, um den Geiern eine Freude zu machen.

Langsam, aber sicher jedoch gelang es den Jägern, ihn auf die Felsplatte zu hieven. Gabriel rollte sich einmal um sich selbst und blieb dann eine oder zwei Minuten erschöpft liegen, außer Atem, mit pochenden Schläfen.

«Nichts passiert?» fragte Robert.

«Eine Heidenangst, sonst nichts», gestand Gabriel.

«Möchte wissen, welches Schwein den Weg mit Schmierseife eingerieben hat», knurrte Roger.

«In diesem Tal passieren Dinge, die nicht ganz koscher sind ...»

Gabriel musterte die beiden Männer, um herauszufinden, ob es sich um einen Scherz handelte. Es war keiner.

Deswegen also hatte Vincent sich für einen Moment an dieser Stelle hingehockt. Heiliger Strohsack! Kein Wunder, daß sein Rucksack so schwer war! Schmierseife! Damit hatte er den Felsweg ausgiebig eingeseift! Er wollte sichergehen, klar. Selbst als Steinbock hätte Gabriel sich nicht halten können.

Er wurde fuchsteufelswild. Überlaß dem Feind niemals die Initiative: das Pulpsche Prinzip.

«Danke, Jungs.»

«Keine Ursache, wir werden das wieder saubermachen ...»

Im Sturmschritt legte Gabriel die kurze Entfernung zum Kamm zurück. Zur anderen Seite breitete sich ebenfalls ein Wolkenmeer aus. Gabriel suchte die Umgebung mit dem Fernglas ab, aber natürlich konnte er Vincent nirgendwo entdecken, der war wohl über einen anderen Pfad ins Tal hinuntergelaufen, und das bestimmt nicht, um die Bergwacht zu holen.

Die Schatten einiger Wolken zogen über den Crabère. Aber Schluß jetzt mit der Romantik! Es würde knallen, Herrgott noch mal, jawohl!

21

PULP und die Opfer der Berge

Als Gabriel beinahe im Laufschritt ins Tal hinuntereilte, wurde er sich der Strecke bewußt, die er hinaufgestiegen war. Wenn er es sich recht überlegte, schien es ihm unglaublich, daß er so hoch hatte klettern können. Gut zwei Stunden brauchte er, um zum Gästehaus zu gelangen.

Seine Wut verrauchte auch im Laufe des Nachmittags nicht. Régis war immer noch damit beschäftigt, hinter dem Haus Holz zu hacken, er machte einen erschöpften Eindruck.

«Gib mir die Axt», bat ihn Pulp.

Régis überließ sie ihm gerne. Hätte Gabriel in seinem jetzigen Zustand Vincent in die Finger gekriegt, hätte er Kleinholz aus ihm gemacht. Doch Pulp ist kein Mörder. Um seine Nerven zu beruhigen, zerlegte er riesige Holzklötze mit der Präzision und Ausdauer eines Pochwerks.

«Also wirklich! Du bist ja in einer blendenden Verfassung!»

Gabriel grinste, Régis konnte nicht wissen, daß das nur ein müder Abklatsch der Wut war, die ihn beherrschte.

«Übrigens, Marcel Bordenave hat angerufen, er hat nach einem gewissen Emmanuel Durie gefragt ...»

Gabriel zuckte nicht mit der Wimper.

«Ich habe ihm nicht gesagt, daß ich nur einen gewissen Serge Vandamne kenne ...»

Jetzt war Régis mit Grinsen an der Reihe. Ein Grinsen, das bedeutete: Vielleicht wäre es an der Zeit, mich ins Vertrauen zu ziehen ... Gabriel fragte sich tatsächlich gerade, ob Régis es nicht verdiene, dieses Vertrauen. Und was Régis im folgenden sagte, überzeugte ihn vollends:

«Du brauchst dich nicht zu wundern, Marcel hat dich am Steuer des Toyota gesehen und deshalb angenommen, daß du hier wohnst ... Er wollte dich sprechen, um dir sein Archiv anzubieten, es sei ihm wirklich eine Ehre, einen bescheidenen Beitrag zu deinen Untersuchungen beizusteuern.»

Gabriel entspannte die Kiefermuskeln. Für eine Sekunde ließ seine Aufmerksamkeit nach, und die weniger kraftvoll geschwungene Axt traf auf einen Astknoten, sprang ihm aus der Hand und grub sich fünf Zentimeter von seinem Fuß entfernt in den Boden.

«He! Paß doch auf!»

«Ich heiße nicht Serge Vandamne», gestand Gabriel, «genausowenig wie Emmanuel Durie.»

«Hatte ich mir schon gedacht … Du bist wegen dem Tod von Jean-Baptiste hier, stimmt's?»

«Stimmt. Und je länger ich darüber nachdenke, desto mehr bin ich davon überzeugt, daß mein Instinkt mich nicht getrogen hat. Gestern wollten mir zwei Jäger in einer Scheune ans Leder, und heute wäre ich um ein Haar an dem Gebirgskamm von Araing abgeschmiert … Hat Jean-Baptiste dich nicht zufällig ins Vertrauen gezogen?»

«Nein …»

«Und diese Ziege? Was hatte sie so Besonderes an sich? Du hast von ihr gesprochen, als wäre Jean-Baptiste in sie verliebt gewesen. Das hat doch weder Hand noch Fuß …»

«Jean-Baptiste hat einmal zu mir gesagt: ‹Weißt du, Régis, wenn du ganz alleine hier in den Bergen bist, dann findest du am Ende sogar Ziegen hübsch!› Ich weiß nur, daß er sie aus Rennes mitgebracht hatte. Sie hatte nur ein Euter. Anscheinend war das der Grund dafür, daß er so an ihr gehangen hat.»

«Und Camille?»

«Sie hatten ein Verhältnis, kurz nachdem er hierhergekommen war. Soweit ich weiß, waren sie danach gute Freunde.»

Gabriel hatte sich wieder beruhigt, doch er tappte nach wie vor im dunkeln; denn auch wenn er jetzt wußte, wer, so blieb noch ungeklärt, warum und wie.

Es mußte irgendwie mit dem Bergwerk im Zusammenhang stehen, eine andere Erklärung gab es nicht.

«Ich möchte zahlen, was ich dir schuldig bin.»

«Das eilt nicht.»

«Ich reise noch heute abend ab.»

«Ach!» erwiderte Régis, und seine Stimme verriet Enttäuschung. «Na gut ...»

«Ich möchte dich um einen Gefallen bitten ...»

«Was für einen Gefallen?»

«Kannst du mir dein Auto leihen?»

«Es steht dir zur Verfügung, das weißt du doch!»

«Ja, ja, aber ich brauche es, um wegzufahren. Ich stelle es am Bahnhof von Saint-Girons ab, lasse die Schlüssel an der Gepäckaufbewahrung und schicke dir den Gepäckschein zu. Du mußt natürlich irgendwie anders nach Saint-Girons kommen, um den Wagen abzuholen ...»

«Halt», unterbrach ihn Régis. «Ich mochte Jean-Baptiste auch sehr gerne, du kannst alles von mir haben, was du willst.»

«Wo wohnt Vincent Depoorter?»

«Du nimmst die D4-Route nach Sentein, bei Le Pont biegst du links ab und kommst nach Frechendech, fährst den Weg bis ans Ende, Vincent wohnt in einer ehemaligen Schäferhütte, du kannst sie gar nicht verfehlen, an der Tür hängt ein Schild mit seiner Berufsbezeichnung: ‹Ornithologischer Führer›, damit verdient er sich ein paar Kröten in der Hauptsaison ... Na gut, wenn du mich also verlassen willst, wirst du wohl ein letztes Bier mit mir trinken, oder?»

«Ein Faxe?»

«Das Bier des Volkes!»

«Ah, Régis, hast du vielleicht einen Strick?»

22

Gabriel parkte den Allrad auf dem Weg, ungefähr hundert Meter von Vincents Hütte entfernt. Wenn der Vogel nicht ausgeflogen war, empfahl es sich, ihn nicht aufzuscheuchen. Träge stieg eine Rauchspirale aus dem Kamin auf. Das Flüßchen Isard plätscherte über sein steinernes Bett. Gabriel ging über eine kleine, von Moos und Feuchtigkeit glitschige Holzbrücke. Er bezweifelte, daß die Hütte einen Hinterausgang hatte, und so steuerte er direkt auf die Eingangstür zu, ohne sich um das stapfende Geräusch seiner Wanderschuhe auf dem Teppich aus welkem Laub zu kümmern.

Gabriel trat mit voller Wucht gegen die Tür, sie sprang aus den Angeln und fiel krachend ins Innere der Hütte. Vincent stand am Kamin, die Ellbogen auf den Sims gestützt, und betrachtete das knisternde Feuer. Er drehte sich nicht um, bewegte sich übrigens auch kaum, so als hätte er mit einem solchen Auftritt gerechnet und sich seit langem darauf eingestellt. Gabriel warf den Strick auf den Tisch. Ein leichter Cannabisduft hing in der Luft.

«Versuch bloß nicht abzuhauen, das rate ich dir!»

Die Hütte war aufgeräumt. Eine Leiter führte in ein Dachgeschoß. Gabriel sah sich um und entdeckte den alten Eisschrank. Es gab keinen Grund, warum ihm nicht noch einmal das Glück lachen sollte. Bingo! Gabriel sicherte sich die drei Dosen *Bavaria*, die in der Gemüseschale lagen. Halbliterdosen *Bavaria Lager Beer, made in Holland*.

Gabriel riß den Deckel der ersten Bierdose auf,

und noch während er sie an die Lippen führte, setzte er sich auf einen Hocker.

«Also, ich werde dir jetzt erzählen, wie's weitergeht, aber dreh dich erst mal um ... **Dreh dich um, verdammt!**»

Vincent rührte sich immer noch nicht. Da stand Gabriel auf, ging um den Tisch herum und packte ihn am Kragen. Er verpaßte ihm eine Ohrfeige. Vincent ließ es fast willenlos mit sich geschehen, war bar jeglicher Substanz. Kaum daß er eine hilflose Geste andeutete, um sich mit dem Arm zu schützen. Die Sonnenbrille fiel ihm von der Nase. Er hatte sehr schwarze, winzigkleine Augen, die tief in den Höhlen lagen, was ihm einen Fuchsblick verlieh, der Gabriel mißfiel. Pulp verpaßte ihm noch einen, dann setzte er sich wieder auf den Hocker.

«Du bist hergekommen, um mich zu töten», murmelte Vincent.

«Wenn du unbedingt willst ... Nein, das ist nicht mein Stil, es sei denn, du zwingst mich dazu ...»

«Und der Strick? Du willst mich daran aufhängen, stimmt's?»

Gabriel fletschte grinsend die Zähne.

«Wir machen jetzt folgendes: Ich werde dich fesseln, und du wirst freundlicherweise mit mir kommen. In Saint-Girons werde ich dich auf dem Parkplatz vor der Gendarmerie aus dem Auto schmeißen, und dann wartest du, bis die Flics dich finden. Du erklärst ihnen, daß du Jean-Baptiste Puchol getötet hast, und falls du das nicht machst, werde ich wiederkommen und an irgendeinem verlassenen Winkel auf dem verfluchten Berg ein Loch graben und dich lebend darin begraben.»

«Ich habe Jean-Baptiste Puchol nicht getötet, ich

habe daran gedacht, aber getan habe ich es wirklich nicht.»

«Und die Schmierseife da oben? Was wolltest du damit bezwecken? Mir Skifahren beibringen?»

«Weißt du eigentlich, wie du dich aufgeführt hast, Mann? Ich hab gedacht, du wärst es gewesen ...»

«Was hast du geglaubt?»

«Daß du der Bär warst! Du hast pausenlos herumgefragt! Ich hab geglaubt, daß es dir nicht genügt hat, Jean-Baptiste aus dem Weg geräumt zu haben. Wahrscheinlich auch, weil Jean-Baptiste seine Geheimnisse mit ins Grab genommen hat, deshalb wolltest du mit mir dasselbe machen ...»

Vincent wußte nicht, daß Pulp trotz seiner Wut an so etwas nicht gedacht hatte. Er wußte nicht, daß er sich andernfalls die Radieschen jetzt von unten hätte angucken können.

«Geheimnisse im Zusammenhang mit dem Bergwerk?»

«Das weiß ich nicht.»

«Wär vielleicht Zeit, endlich auszupacken, Vincent, oder ich könnte böse werden ...»

Vincent sah ihn einen Moment lang an, dann hob er die Schultern. Schlimmer konnte es nicht mehr kommen ... Er hatte die Schnauze voll von der ganzen Geschichte, von dem Scheißberg und der Rolle, die er seit all den Jahren spielte. Er setzte sich Pulp gegenüber und sah ihm offen in die Augen.

«Gibst du mir 'n Bier?»

Gabriel öffnete die zweite Dose und reichte sie ihm. Pulp ist kein Unmensch. Und außerdem schmeckt *Bavaria*-Bier nach Pferdepisse. Man muß das Zeug nicht unbedingt alleine trinken ... Vincent setzte die Dose an.

«Gedankenlesen kann ich noch nicht», sagte Pulp. «Ich suche nach den richtigen Worten ...»

«Such nicht zu lange.»

«Also schön ... Ich habe Jean-Baptiste Ende der siebziger Jahre in Paris auf einer Party kennengelernt. Er war schon ziemlich wild, ich kannte bisher niemanden, der in einem Moment ganz ruhig und im nächsten so wütend sein konnte. Er hatte vor nichts Angst. Ich weiß noch, wie wir einmal abends spazierengegangen sind, und da stehen plötzlich so Jungnationale vor uns, sechs Kerle, aber meinst du, wir hätten die Straßenseite gewechselt? Jean-Baptiste ist sofort auf sie losgegangen, verbal natürlich, Faschisten hat er sie genannt, Scheißkerle ...»

Ein Punkt für ihn, dachte Gabriel voll Nostalgie. In der gleichen Zeit nämlich hatte er selbst einmal eine rechtsradikale Buchhandlung gestürmt, und auf diese Heldentat war er nicht wenig stolz.

«Erzähl weiter.»

«Ich erspar dir die Einzelheiten, aber die bangen Minuten danach haben sozusagen unsere Freundschaft besiegelt. Der Mann ist klasse, hab ich mir gesagt, er könnte von mir verlangen, was er wollte, ich wär dabei. Meine Zuneigung zu ihm war mit dem Verstand nicht zu erklären, aber seine Gegenwart empfand ich immer als eine große Hilfe. Mit meinen Alten verstand ich mich schlecht, ich bin Einzelkind, und Jean-Baptiste war wie ein Bruder für mich. Meine Alten wollten mir den Geldhahn zudrehen, ich sollte Anwalt werden, doch ich hatte mich für Biologie entschieden. Ich habe nicht zu Ende studiert. Jean-Baptiste studierte Geschichte. Mach dir keine Sorgen, hat er zu mir gesagt, wir werden's schon schaffen, was schert dich das? Tja ...»

«Er hat dich gefragt, ob du mit ihm fortgehen wolltest ...»

«Das war Mitte der achtziger Jahre. Ich hab keine weiteren Fragen gestellt und meine Koffer gepackt. Jean-Baptiste sagte mir, er habe von einer Goldader gehört, ein Gerücht, das ein Freund in die Welt gesetzt hatte, der bei einem Verkehrsunfall ums Leben gekommen war und dessen Ururgroßvater in den Minen von Bentaillou gearbeitet hatte, ganz zu Beginn ihrer Ausbeutung um 1850 ... Wir kamen 1986 ins Biros-Tal, Jean-Baptiste richtete sich in Laspe ein, in einem Bauernhof, den er für wenig Geld erworben hatte, und ich mietete diese Hütte hier, in der ich immer noch wohne. Damals spielten viele noch ‹Zurück zur Natur›, und wir taten alles, damit die Leute hier glaubten, wir gehörten zu diesen Spinnern.»

Seitdem hatten Jean-Baptiste und Vincent den Berg bis in die letzten Winkel untersucht. Jean-Baptiste besaß alte, sehr präzise Karten, auf denen die ehemaligen Abbaugebiete verzeichnet waren sowie die, welche man für den Bergbau später einmal hatte erschließen wollen. Bald kannten die beiden jungen Männer den Berg wie ihre Westentasche; doch die Jahre vergingen, ohne daß sie auf irgend etwas gestoßen wären.

«1991 kam mir plötzlich der Verdacht, daß Jean-Baptiste mich hinters Licht führte. Ich hatte die Schnauze gestrichen voll, ich verkaufte meine Arbeitskraft, um meine Miete bezahlen zu können, und so war ich nicht mehr so oft mit ihm zusammen. Wir trafen uns immer seltener, und da läuft er mir eines Abends in Sentein über den Weg. Ich hatte ihn noch nie in so blendender Laune gesehen. Ich frage ihn, ob er … Also hast du was gefunden? Vor Freude wußte ich mich gar nicht mehr zu lassen, ich sah mich bereits aus dieser gottverlassenen Gegend fortgehen und mein Studium wiederaufnehmen, kurz und gut, ich schmiedete Pläne! Und da knallt Jean-Baptiste mir hin, wenn er irgend etwas finden würde, würde er's ganz bestimmt nicht mit mir teilen, denn schließlich, welche Hilfe sei ich ihm denn gewesen?»

«Und da hast du daran gedacht, ihn umzubringen.»

«Ja … An dem Abend hatten wir einen heftigen Streit, ich habe ihn bedroht, Camille war dabei, aber ich habe ihn nicht getötet! Ich war davon überzeugt, daß er irgend etwas gefunden hatte, das konnte man doch von seinem Gesicht ablesen. Ob du mir glaubst oder nicht, nach jenem Abend habe ich ihn nicht mehr gesehen.»

Gabriel trank sein Bier aus, dann öffnete er die dritte Dose. Vincent sah ihm nach wie vor direkt ins Gesicht, und in seinem Blick lag nichts, was darauf schließen ließ, daß er log. Vincent packte aus, das tat ihm gut, auf diesen Moment hatte er seit Jahren gewartet.

«Warum hast du heute morgen versucht, mich umzubringen?»

«Das habe ich dir doch schon erklärt … Sein Tod war für mich der Beweis, daß ich mich nicht geirrt hatte. Jean-Baptiste hatte ganz bestimmt sein Ziel erreicht, und genau deshalb war er umgebracht worden. Von dem Tag an war mein Leben in Gefahr. Wer weiß, was er erzählt hatte! Denn er wurde gefoltert, da bin ich sicher. Jean-Baptiste war völlig von der Rolle.»

«Warum das denn?»

«Diese verflixten Petitionen, Herrgott noch mal!

Wie man mir erzählt hat, behauptete er nun, aus Paris fortgegangen zu sein, weil er den Eiffelturm nicht länger ertragen konnte. Die ‹Zurück zur Natur›-Masche reizte er jetzt voll aus. Hör mal! Du wirst lachen, aber Jean-Baptiste fing an, seine ‹Kommandounternehmen›, wie er es nannte, vorzubereiten. Das Gebirge, sagte er, müsse zu seiner ursprünglichen Form zurückkehren, ohne jede Verunreinigung. Noch als wir uns häufiger getroffen hatten, kippte er Salz auf die Skipisten von Guzet-Neige! Im nächsten Jahr wollte er etwas gegen die Tour de France unternehmen! Er behauptete, im August sei er soweit ... Sag mal, kann ich mir einen Joint drehen?»

«Fühl dich wie zu Hause.»

«Sag mal, könntest du vielleicht die Tür wieder in die Angeln heben? Wird langsam saukalt hier ...»

23 PULP und die Opfer der Berge

Vincent hatte ihm nicht viel Neues erzählen können. Und Gabriel hatte das unangenehme Gefühl, wieder am Ausgangspunkt angelangt zu sein. Er ging zum Wagen zurück, öffnete den Kofferraum und legte den Strick neben seinen Rucksack. Er pinkelte in den Straßengraben und fuhr dann die Straße nach Sentein zurück. Mit unverminderter Geschwindigkeit raste er durch das Dorf.

Er mußte seine Gedanken ordnen. Bei Les-Bordes-sur-Lez bog er nach rechts ab und fuhr in das Bethmale-Tal hinein. In Ayet hielt er an und gönnte sich ein Käsesandwich und einen starken Kaffee.

In sehr kurzer Zeit hatte er eine Menge nicht uninteressanter Informationen zusammengetragen, aber auch wenn er von Jean-Baptiste jetzt ein klares Bild hatte, das ihm äußerst lebendig erschien, zweifelte er doch daran, eines Tages den wahren Sachverhalt herauszufinden.

In einem Punkt jedenfalls hatte er sich nicht getäuscht: Das Bergwerk von Bocard spielte in dieser Geschichte eine zentrale Rolle. Ein komischer Kerl, dieser Jean-Baptiste, wie Camille gesagt hätte.

Camille ... Hatte sie ihm nicht erzählt, daß Vincent und Jean-Baptiste sich von einem Tag auf den andern aus dem Weg gegangen waren? Daß sie den Eindruck gehabt habe, die Situation zwischen den beiden habe sich immer mehr zugespitzt? Warum hatte sie ihm nicht offen heraus gesagt, daß sie sich fast geprügelt hatten? *Es gibt welche, die handeln, und andere, die nicht handeln, und die sind nicht weniger verantwortlich für das Unglück, das anderen zustößt.* Nach dem, was Vincent ihm anvertraut hatte, war Camille gar nicht so ohne! Denn wenn Gabriel von seiner Sympathie für Jean-Baptiste absah, konnte er Vincent aus dem, was er getan hatte, keinen Vorwurf machen. Camille hatte Jean-Baptiste geliebt, Camille hatte eine tiefe Zuneigung zu ihm bewahrt, ihre Gefühle hatten ihre Urteilskraft beeinträchtigt, das war alles! Andererseits, da sie nun an jenem Abend Zeugin ihres Streites gewesen war, kannte sie zwangsläufig den Grund für diesen Streit: Gold. Warum hatte sie Gabriel nichts davon erzählt? Hm ...

Und dann war da noch jener andere Streit, der zwischen Camille und Vincent, dessen Zeuge Gabriel geworden war. Vincent habe Camille zum Schweigen verpflichtet. *Er hat mich gewarnt.* Wovor? Überzeugt davon, daß Gabriel Jean-Baptiste wegen des Goldes umgebracht hatte, hatte Vincent geglaubt, er werde sich nun an ihn halten. Worüber sollte Camille also nicht sprechen? Über das Gold natürlich ... Und wenn Vincents Verhalten tatsächlich auf seine Angst zurückzuführen war, was Gabriel ihm zuzugestehen bereit war und was ihn in gewisser Weise entschuldigte? Und Camilles Verhalten dagegen auf Habgier? ... Ja, aber Gabriel durfte nicht vergessen, auf welche Weise man Jean-Baptiste getötet hatte. Das war nicht die Tat einer Frau. Wenn's hochkam, hatte Camille bei Jean-Baptistes Tod eine Rolle gespielt, aber sie hatte ihn nicht inszeniert.

Gabriel nahm wieder die Straße nach Les-Bordes-sur-Lez, doch anstatt in das Biros-Tal zu fahren, machte er einen Abstecher nach Saint-Girons. Er kam durch Castillon-en-Couserans, Engomer, Luzenac und Moulis, und er mußte daran denken, daß er diese Dörfchen vor kaum zwei Tagen zu Fuß durchwandert hatte. Für ihn lag das fast eine Ewigkeit zurück.

Er studierte den Busfahrplan, am nächsten Morgen fuhr ein Bus um 10.08 Uhr nach Toulouse. Der Bahnhof war stillgelegt, Gabriel mußte sich den Tatsachen beugen, es gab keine Schließfächer. Also mußte er sich etwas anderes für die Autoschlüssel ausdenken. Mist!

Er bummelte eine Weile durch die Straßen von Saint-Girons. In einem Bistro im Zentrum trank er ein *Löwenbräu* vom Faß. Alles läuft wieder in geordneten Bahnen, sagte er sich. Er dachte daran, Cheryl anzurufen, vielleicht war sie schon wieder zu Hause, doch dann verzichtete er darauf. Ihre Stimme, sofern es ihm überhaupt gelingen würde, sie zu hören, wäre wie ein Lockruf gewesen. Gabriel verspürte große

Lust, auf der Stelle nach Paris zurückzukehren. Er zog sein Buch aus dem Rucksack.

Draußen, bewundert, begehrt, fühlte sie sich frei, glücklich, unbezwingbar überlegen.

24

PULP und die Opfer der Berge

Und da gab es noch etwas anderes, das ihm keine Ruhe ließ. Etwas jedenfalls, das ihn plötzlich störte, ohne daß er eigentlich gewußt hätte, worum es sich handelte. Etwas, das ihm jemand irgendwann erzählt hatte … Gabriel zermarterte sich das Hirn, während er am Steuer saß. Die Sonne stand tief, und er fuhr nicht sehr schnell. Der Himmel hatte sich aufgehellt, und bald würde die Sonne hinter den Gebirgskämmen verschwinden. Gabriel mußte sich noch über einige Punkte klarwerden, doch vorher wollte er herausfinden, was ihn so sehr beunruhigte; er hatte das Gefühl, daß sich eine Menge daraus ergeben könnte. So wie wenn man einen Finger in die Steckdose hält. Er besaß alle Einzelstücke des Puzzles, mit Ausnahme eines einzigen, und das war nicht das unwichtigste, davon war er überzeugt. Alle seine Kontrollampen blinkten auf. Pulp, der Geigerzähler! Etwas, das nicht zu dem übrigen paßte. Eins von diesen Details, die auf den ersten Blick keine Bedeutung zu haben scheinen. Ein harmloses Wort, das seine Recherchen in eine bestimmte Richtung gelenkt hatte und nicht in eine andere. Oder das zumindest seine Recherchen von einer wesentlichen Tatsache abgelenkt hatte, ohne die Gabriel, sosehr er sich auch ins Zeug legte, sie nicht zu Ende führen konnte. Das nächste Mal trinkst du weniger Bier, schimpfte Pulp mit sich selbst.

Als Castillon in Sicht kam, drückte er auf die Tube. Die Post war natürlich geschlossen, und so hielt er nach einer Telefonzelle Ausschau. Er hatte die Geschwindigkeit kaum gedrosselt, und als er bremste, wirbelte der Toyota eine große Staubwolke auf. In der Kabine stand eine Frau. Gabriel bedeutete ihr, daß er das Telefonbuch haben wollte. Sie schien nicht zu verstehen. Er preßte sein Gesicht gegen die Scheibe, um sie zu erschrecken. Entweder war sie kurzsichtig, oder Gabriel sah aus wie ein Engel. Er neigte eher zu der Annahme, daß die Frau halbblind war. Jedenfalls reagierte sie nicht. Sein langer Arm schob die Tür auf und griff nach dem Telefonbuch auf der Ablage. Sie stieß einen leisen Überraschungsschrei aus, und behende zog Pulp seinen Tintenfischarm wieder zurück.

Die Ariège ist ein dünn besiedeltes Departement, das Telefonbuch war nicht schwer. Gabriel legte es auf die Kühlerhaube, feuchtete seinen Zeigefinger an und begann zu blättern. Er mußte seinen Finger kein zweites Mal anfeuchten. Zuerst ging er Castillon durch, dann Bordes-sur-Lez, schließlich Sentein.

So wie es einen nicht überraschen durfte, ein Murmeltier mitten auf dem Berg zu sehen, durfte es einen auch nicht überraschen, in dieser Gegend einem Puchol zu begegnen. Denn Puchols, großer Gott, die gab es hier haufenweise! Puchol, der Name roch stark nach der Ariège!

Gabriel stieg wieder in den Wagen und gab sofort Gas. Der Jeep tat einen Satz nach vorn. Das Telefonbuch wurde von der Kühlerhaube in die Luft geschleudert, knallte gegen die Tür der Telefonzelle und landete vor den Füßen der Frau, die soeben die

Kabine verließ. Gabriel zeigte ihr im Rückspiegel einen kleinen Vogel, woraufhin sie die Augen zusammenkniff und ihm einen wenig respektvollen Finger hinstreckte. Man kann sich nicht bei allen beliebt machen …

Am Dorfausgang von Castillon-en-Couserans fuhr Gabriel bereits siebzig. Bordes erreichte er mit quietschenden, heißen Reifen. Er erinnerte sich daran, wie er hier am Straßenrand den Daumen rausgehalten hatte. In Lascoux rief er sich alles wieder in Erinnerung, endlich alles! Nicht viel, aber viel auf einmal. Wer hatte ihm noch gleich gesagt, daß Jean-Baptiste *nicht von hier* gewesen sei?

25

PULP und die Opfer der Berge

Bedächtig oder gewaltsam. Pulp wägte das Für und Wider ab. Bis zu diesem Zeitpunkt war er schnurstracks auf alles losgegangen, was sich bewegte, wie jemand, der wenig Grütze im Kopf hat; und wenn er auch gewiß bestimmte Dinge herausgefunden hatte, wie zum Beispiel die vage Verheißung, wieder zu Geld zu kommen, so hatte er jedoch immer noch nicht Jean-Baptistes Mörder dingfest gemacht. Er hatte einigen Leute das Fürchten gelehrt, doch für ihn war als einziges dabei herausgesprungen, daß er um ein Haar sein Leben gelassen hätte. Gewaltsam vorzugehen barg gewisse Gefahren in sich, wenn man es sich recht überlegte … Bedächtig also, und wenn das nicht zum Ziel führte, dann wäre immer noch Zeit, zu härteren Mitteln zu greifen. Für solche Gelegenheiten war Pulp mit einer vitalen

Kraft ausgestattet, die im direkten Verhältnis zu seinen langen Gliedmaßen stand.

Ohne Eile schlenderte er am Lez entlang. Die Nacht war nun endgültig hereingebrochen, und nach und nach lösten sich die Bäume in der Dunkelheit auf. Er kam an die Holzbrücke und hockte sich ins Gras. Das Flüßchen veranstaltete ein ohrenbetäubendes Konzert; in einer anderen Situation als dieser wäre es sicherlich dazu geeignet gewesen, einen Menschen in einen angenehm schläfrigen Zustand zu versetzen. Eine Wasseramsel hüpfte noch schnell schwanzwippend von Felsen zu Felsen. Als Gabriel sich aufrichtete, flüchtete sich der Vogel auf die strudelnde Wasseroberfläche.

Es war ein ebenerdiges, schiefergedecktes Haus mit angebauter Garage. Die Fensterläden waren geschlossen, doch das Licht, das durch die Ritzen drang, verriet Leben. Ohne sich bemerkbar zu machen, öffnete Gabriel die Haustür. Er gelangte in einen Salon, in dem sich ein Büfett, eine Kommode, ein langer Eichentisch mit dazu passenden Stühlen und ein riesiger Kamin befanden.

Gaston Peyrotet schien nicht überrascht, Gabriel zu sehen, auch nicht, daß Gabriel sich benahm, als wäre er hier zu Hause. Seine funkelnden Augen waren auf Gabriel gerichtet. In einer großen Grillpfanne bewegte er offenbar glühende Kastanien über dem Feuer, die ein Geräusch wie feuchte Seufzer von sich gaben.

«Einige Leute schneiden die Kastanie ein, aus Furcht, sie könnte beim Rösten aufplatzen. Was für ein Fehler! Damit die Kastanie ihren vollen Geschmack behält, muß man sie ohne Einschnitt rösten, natürlich mit äußerster Behutsamkeit, man muß sie langsam schwitzen lassen, damit sie ihre gesamte Feuchtigkeit abgibt. Wenn sich die Schale von allein öffnet, ist sie zum Verzehr geeignet … jedenfalls so gut wie.»

«Das ist ja alles höchst interessant, aber …»

«Ich wußte, daß Sie kommen würden, Monsieur Vandamne, falls das Ihr richtiger Name ist …»

Gaston Peyrotet zog die Pfanne vom Feuer. Er besah Gabriel mit einem Blick, in dem Arroganz und Mißachtung miteinander stritten. Gabriel beherrschte seinen Drang, ihm eine runterzuhauen.

«Warum», fragte er grollend, «haben Sie nichts unternommen, als man die Ziege von Jean-Baptiste so übel zugerichtet hatte?»

Gaston Peyrotet musterte ihn eingehend. In seinem Blick lag jetzt so etwas wie Entrüstung.

«Was hatte ich mit dieser Ziege zu schaffen?»

«Sie machen Ihrem Berufsstand keine Ehre …»

«Ich befinde mich im Ruhestand, man soll mich, verdammt noch mal, in Frieden lassen!»

«Sie haben mir erzählt, daß Sie hier und da noch praktizieren. Sie sind sehr redselig, Gaston, da liegt Ihr Problem! Als Sie mich in Ihrem Wagen mitnahmen, haben Sie versucht, mir die Würmer aus der Nase zu ziehen, und genau dadurch haben Sie sich verraten. Sie hatten Angst, daß …»

«Ich und Angst haben!» polterte Peyrotet los, wobei sein Blick blitzte wie die Augen eines Raubvogels.

«Sie hatten kapiert, daß ich nicht hierhergekommen bin, um die Gemsen zu beobachten.»

«Die Gamsen!»

«Achten Sie auf Ihre Worte … Also, Sie haben versucht, meinen Verdacht auf Vincent Depoorter zu lenken. Sie haben mir von ihm erzählt, und ich hatte kaum meinen Rucksack in die Ecke gestellt, als er sich auch schon mit mir in Verbindung setzte. Offensichtlich sind Sie auf Nummer Sicher gegangen …»

«Vincent leidet an Verfolgungswahn, ich war mir sicher, daß er bei Ihrem Anblick den Kopf verlieren würde.»

«Sie hätten die Ziege bestimmt behandelt, wenn es nicht die von Jean-Baptiste gewesen wäre.»

«Ihnen bleibt aber auch nichts verborgen. Ich gebe zu, ich hatte mit dem Tier Mitleid, aber …»

Gaston Peyrotet konnte seine Wut nur mühsam im Zaum halten. Sein Gesicht verfärbte sich purpurrot, röter hätte es nicht sein können, selbst wenn Gabriel seinen Kopf über die Flammen gehalten hätte.

«Aber?» ermunterte Gabriel ihn.

«Puchol hat nur das bekommen, was er verdiente.»

«Man könnte glauben, daß er seine Nase in Dinge gesteckt hat, in die sie nicht hineingehörte …»

Gaston Peyrotet brach in schallendes Gelächter aus. Gabriel hatte eventuell recht, aber er war noch weit von der Wahrheit entfernt, so lautete ungefähr die Botschaft. Das Lachen ging in Husten über. Nachdem Gaston seine Lungen genug strapaziert hatte, standen ihm Tränen in den Augen, die er mit dem Handrücken abwischte.

Gaston fing an, sich über all das auszulassen, was Gabriel bereits bekannt war: die Petitionen, die Wellblechdächer, alles, was ihm bis jetzt im Kopf herumgegeistert war. Sehr bald war Gaston mit seinem Latein am Ende. Als Gabriel fand, daß er ihn lange genug für dumm verkauft hatte, bemerkte er:

«Der Gendarme, der mit dem Mord an Puchol befaßt war, heißt Emile Peyrotet. Ist das Ihr Bruder?»

Gaston grinste auf eine Art, die Pulp aufs äußerste reizt, wenn er so richtig in Fahrt ist, wenn man ihm ernsthaft auf die Eier zu gehen beginnt, wenn er sich endlich bewußt wird, was er mit seinen langen Armen anfangen soll, wenn man die Gefahr, in der man schwebt, sollte man ihm in die Hände fallen, einfach nicht wahrhaben will.

Gaston mußte die Bedrohung in seinem Blick erkennen, dennoch büßte sein Grinsen nichts von seiner Arroganz ein.

«Mitnichten», zischte er, so als spuckte er ins Feuer, «Emile ist mein Sohn.»

«Ich glaube, Gaston, das verdient einige Erklärungen.»

«Ich werde Ihnen nichts sagen, das geht Sie nämlich nichts an, das ist nicht Ihr Problem.»

«Das wollen wir erst mal sehen ...»

26 PULP und die Opfer der Berge

«**Die Schwach**stelle, wie immer!» knurrte Pulp.

«Aber was erzählen Sie denn da?» kreischte Gaston, der plötzlich nervös wurde.

«Den Gegner da treffen, wo es ihm weh tut: das Pulpsche Prinzip!» verkündete Gabriel belehrend.

Mit diesen Worten schob er Gaston vor sich her. Sie gingen ums Haus, Gabriel ließ die Garagentür hochgleiten und stieß Gaston ins Garageninnere. Seine Hand fuhr an der Wand entlang und fand den Lichtschalter, und es ward Licht. So soll es sein, Amen!

Der 4 CV war von einer Plane bedeckt, die Gabriel mit gebieterischer Geste wegzog.

«Wie war das noch mit der Aufhängung?»

«Einzel...rad...aufhängung», stammelte Gaston mit schweißbedeckter Stirn.

«Und die Federn?»

«Spiralfedern ...»

«Und die Stoßdämpfer?»

«Hydraulisch ...»

«Und die Lenkung?»

«Zahnstangenlenkung ... Ich warne Sie, wenn ...»

«Und wo soll das ganze Zeug hin?»

Pulp wartete keine Antwort ab. Der ehrwürdige 4 CV gab herzzerreißende Laute von sich, man hätte meinen können, das Automobil heule vor Schmerz auf. Systematisch riß Gabriel die Türen ab, Kotflügel, Motorhaube ...

«Die Ziege», schniefte Gaston, «die hat ein Jäger getötet. Als Vergeltungsmaßnahme, mehr nicht ...»

«Ich liebe den Ausdruck ‹die Kastanie langsam schwitzen lassen› ...»

Gabriel nahm sich die Sitze vor, er hatte seine liebe Not damit, doch schließlich wurde er doch noch mit ihnen fertig. Im Anschluß daran riß er das Lenkrad aus der Verankerung und warf es auf den bereits entstandenen Schrotthaufen.

«Bitte ...»

«Weine nicht, alter Freund! Ich bin bei Bastlern aufgewachsen und werde dir dein Auto schon wieder zusammenbasteln!»

Gabriel ging um den zu drei Vierteln ausgeschlachteten 4 CV herum. Der Motor befand sich hinten, er tropfte in seinen Händen.

«Bei Bastlern, aber nicht bei Mechanikern ...»

«Warten Sie!»

Gabriel sah sich fragend nach ihm um. Gaston war

nur noch ein Schatten seiner selbst. Den Mund halb offen, einen unsäglich kummervollen Ausdruck in seinem flatternden Blick, machte er den Eindruck, als hätte man ihm all seine Daseinsberechtigung entzogen. Gabriel widerte das nicht wenig an. Er würde wirklich nie begreifen, wie man materiellen Dingen so viel Bedeutung beimessen konnte. Er selbst räumte dem Menschen stets Vorrang vor Sachen ein.

«Jean-Baptiste hat sich nicht zufällig im Biros-Tal niedergelassen», sagte Pulp, «er ist hierher zurückgekehrt!»

«Genau.»

«Der Goldrausch hatte ihn ergriffen. Irgend jemand mußte ihm wohl erzählt haben, daß entgegen der allgemeinen Annahme hier im Gebirge etwas zu finden sei.»

Gaston hob die Schultern.

«Da liegen Sie völlig falsch ...»

«Erzähl!»

«Ich warne Sie, das stinkt, das stinkt gewaltig ...»

«Mein Geruchssinn ist wenig entwickelt.»

«Also gut.»

Jean-Baptiste war in der Ariège geboren, hatte aber seine gesamte Kindheit und Jugend in Paris verlebt. Sein Vater war gestorben, als er sechzehn war, und seine Mutter, als er gerade sein Geschichtsstudium begonnen hatte. Bevor sie ihr Leben aushauchte, hatte sie ihrem Sohn ein Geheimnis anvertraut, etwas, das ihr seit ihrer Kindheit auf der Seele lag und das sie nicht mehr für sich behalten konnte, nun ja, Gaston vermutete, daß es so gewesen war. Odette Puchol, geborene Rouch, hatte einen älteren Bruder, Marcel Rouch.

«Marcel arbeitete zu Beginn des Krieges im Bergwerk; ich meine den Zweiten Weltkrieg, damals sollte die Ausbeutung der Mine wiederaufgenommen werden. Seine Arbeit bestand darin, die Sicherheit der mit den Voruntersuchungen befaßten Ingenieure zu gewährleisten. Marcel war ein kräftiger Kerl mit dunklen Haaren und einem grobschlächtigen Gesicht, und seine Art flößte Vertrauen ein. Allerdings war er ein unverbesserlicher Weiberheld. Ich kannte einige, die von ihm aufs Kreuz gelegt wurden ... aber lassen wir das ...»

Gaston Peyrotet schwieg eine Weile.

«Weiter, Gaston, danach fühlst du dich besser!»

«Während des Krieges tat Marcel sich mit einem Kerl hier aus der Gegend zusammen. Sie schleusten Menschen illegal über die Grenze. Marcel kannte sich im Gebirge gut aus, und außerdem verfügte er über ausgezeichnete Verbindungen. Die meisten Transporte fanden nachts statt, Marcel war imstande, die Menschen mit geschlossenen Augen bis zum Port d'Urets zu bringen. Danach kam Spanien, und das war nicht mehr sein Problem. Einige Leute überquerten die Grenze sogar in den Kipploren, die Sie noch heute hier und da sehen können.»

Und dann begannen Gerüchte die Runde zu machen. Marcel Rouch traf eine immer schärfere Auswahl, Paare lehnte er von nun an ab, oder er sagte zu dem Mann, daß es besser wäre, wenn er und seine Frau sich trennen würden, und daß es aus Sicherheitsgründen ratsam wäre, wenn die Frau das gesamte Geld bei sich trüge. Sollte es Probleme geben, würde sie weniger riskieren als er. Wenn sie erwischt würden, könnten sie behaupten, daß es sich bei dem Mann um einen soeben eingestellten Arbeiter handelte, und ein Arbeiter schleppte kein Geld oder

Schmuck mit sich herum. Marcel übernahm die Frau und sein Kompagnon den Mann. Die Frau gelangte immer als erste über die Grenze, später stieß dann der Mann zu ihr.

«Dieser Windhund!» schimpfte Gaston. «Unterwegs forderte das Schwein von der Frau eine Art Wegzoll: ihren Hintern oder ihr Geld! Soweit ich weiß, bekam er häufig beides ... Seinem Kompagnon kamen schließlich Bedenken, er versuchte, Marcel zur Räson zu bringen, aber ohne Erfolg. Da trennte er sich von ihm, und Marcel machte mit dem Menschenschmuggel weiter, so gut es ging. Er muß wohl bislang ein hübsches Sümmchen zusammengerafft haben ...»

«Und keiner ist wieder zurückgekommen, um ihm die Fresse zu polieren?»

«Sie hatten zuviel Angst, man könnte sie an die Deutschen ausliefern.»

«Der Kompagnon, das waren Sie?»

Gaston sah Pulp bekümmert an.

«Irgendwann kam das natürlich der Résistance zu Ohren. Marcel Rouch wohnte auf einem Bauernhof in Morère Rouge, an der Straße von Estoéou nach Laspe. Gegen Ende des Krieges nahmen die Jungs sich ihn eines Abends vor. Haben ihn fast acht Stunden lang gefoltert, aber er starb, ohne ihnen zu verraten, wo er seinen Schatz vergraben hatte. Fast acht Stunden ...»

«Der Kompagnon, das waren Sie?» wiederholte Gabriel.

«Ja, das war ich!» brauste Gaston auf. «Das war ich! Und ich gehörte zu den Widerstandskämpfern, die ihn gefoltert haben!»

Minutenlang schien Gaston in Gedanken versunken. Dann nahm er langsam wieder den Faden der Geschichte auf.

«Als dann Jean-Baptiste hier aufkreuzte, wurde der ganze Dreck aufgewühlt, die alten Erinnerungen kamen wieder hoch. Er hatte von Marcel den Bauernhof geerbt, ließ sich aber in Laspe nieder. Er und Vincent haben jahrelang das Gebirge durchkämmt, aber das war nur ein Ablenkungsmanöver, denn nachts fuhr Jean-Baptiste ganz alleine nach Morère Rouge, um das Haus seines Onkels zu durchsuchen. Sie haben von Goldrausch gesprochen, und damit hatten Sie nicht unrecht. Ich führe diese unsinnige Sucherei darauf zurück, daß er nicht mehr ganz richtig im Kopf war. Einige behaupten, sie hätten gesehen, wie er Salz auf ...»

«Ich weiß, er hat Salz auf die Skipisten von Guzet-Neige gekippt.»

«Er war total übergeschnappt.»

«Wegen diesem Kriegsschatz also hat man ihn umgebracht?»

«Vielleicht ja, vielleicht nein ...»

«Wieso?»

«Die meisten der Widerstandskämpfer, die an jenem Abend dabei waren, sind inzwischen tot, nur noch wir beide sind übriggeblieben, Henri Soula und ich. Henri hat Darmkrebs im Endstadium, und ich besitze, wie Sie ja selbst sehen, weder die Statur noch die Kraft eines Bären. Und außerdem ist das alles lange her. Vielleicht hat Jean-Baptiste ja überhaupt nichts gefunden. Na ja, ich weiß es nicht, ich weiß nichts mehr ...»

«Ihr Sohn hatte es sehr eilig, den Mord zu den Akten zu legen ...»

«Ich war es, der ihn darum gebeten hat. Man hätte

weiß Gott was herausfinden können, und manchmal ist es besser, glaube ich, zu vergessen …»

27 Pulp und die Opfer der Berge

Bedauerte Gaston Peyrotet, daß ihm der Schatz seines früheren Kompagnons nicht in die Hände gefallen war oder daß er Marcel Rouch zu Tode gefoltert hatte? Gabriel würde es nie erfahren.

Gabriel hatte das Gefühl, eine russische Puppe auseinanderzunehmen, und je länger es dauerte, desto mehr enthüllte sich das Schmutzige und Gemeine der Geschichte. Noch verzweifelte er nicht an der Lösung des Rätsels, doch er fühlte eine unerträgliche Niedergeschlagenheit in sich hochsteigen.

Mit gebeugtem Rücken und schleppenden, langsamen Schritten, etwas schwankend, so als wäre er angetrunken, nahm er Kurs auf das Bistro, wie ein Trawler, der in Seenot geraten ist und auf eine Küste zutreibt, die es wahrscheinlich gar nicht gibt.

Als Camille ihn eintreten sah, konnte sie ihre Überraschung nicht verbergen, nicht weil es sie beunruhigt oder in Schwierigkeiten gebracht hätte, ihn wiederzusehen, sondern weil sie sich den ganzen Tag über gesagt hatte, daß er nicht zurückkommen werde, daß es gar nicht anders sein könne. Sie war daran gewöhnt. Häufig gingen die Männer fort, nachdem sie mit ihr geschlafen hatten. Doch dann verdrängte ihre Freude die Wehmut. Camille lächelte Pulp an, Pulp lächelte Camille an, Camille … He, Gabriel! Bleib auf dem Teppich!

Derselbe Alte saß stocksteif am Tresen und schlürfte seinen Rosé. Drei Jäger, die Gabriel nicht kannte, führten an einem Tisch eine lebhafte Diskussion. Es ging um die Frage, ob man gegen die Wanderer etwas unternehmen solle oder nicht. Für den Jüngsten in der Runde war das einzige Mittel, ihnen Beine zu machen, eine ordentliche Schrotladung. Der Älteste vertrat die Meinung, daß sie sich gut als Treiber fürs Wild eigneten. Der dritte, der altersmäßig in der Mitte lag, meinte, man müsse von Fall zu Fall entscheiden, mit Augenmaß vorgehen. Als der Jüngste Pulp bemerkte, stand er auf und kam auf ihn zu.

«Hallo! Waren Sie das nicht, der Kerl von der VJG?»

«Aber nie und nimmer!»

«He?» machte der andere, und sein Mund nahm die Form einer Hühnerfutt an.

«Ich bin der Bassist der Rolling Stones.»

Der Junge starrte Gabriel an, als hätte er Aristophanes rezitiert, dann ging er wieder zu seinen Kollegen an den Tisch.

Gabriel setzte sich neben den Ofen. Er sah auf die Wanduhr, es war neun Uhr abends. Camille wischte den Tisch ab, ohne Gabriel eine andere Wahl zu lassen, als in ihre großzügig ausgeschnittene Bluse zu schielen. Gabriel stieß einen leisen Seufzer aus.

«Ich muß mit dir reden, Camille.»

«Weißt du, ich habe eine wundervolle Nacht verbracht.»

«Ich auch, aber ...»

«Sag nichts! Es ist nett von dir, daß du noch einmal vorbeigekommen bist, ich freue mich sehr darüber ...»

«Camille ...»

«Ich habe noch ein *San Miguel*. Hast du schon gegessen? Es gibt Ragout ...»

Ohne daß Gabriel Zeit gehabt hätte, die Empfehlung abzulehnen, ging Camille beschwingt nach hinten in die Küche. Nun gut, er hatte den ganzen Tag über noch nichts Anständiges zu sich genommen, und der angenehme Duft des Ragouts, der in der Luft hing, regte bereits seinen Appetit an.

Zum Nachtisch brachte Camille ihm eine *Crème caramel.* Als Gabriel die Rechnung verlangte, wollte sie nichts davon hören, er bestand darauf, doch sie ließ nicht mit sich reden. Sie setzte sich ihm gegenüber an den Tisch.

«Camille, ich möchte dir ein paar Fragen stellen.»

«Das habe ich mir gedacht. Bist du mit deiner Recherche vorangekommen?»

«Sag mal ... Warum habt ihr euch getrennt, Jean-Baptiste und du?»

«Ich ziehe flüchtige Abenteuer dauerhaften Beziehungen, die in Wirklichkeit keine sind, vor. Und außerdem, Jean-Baptiste gefiel mir zwar sehr, aus Gründen, die ich dir bereits erklärt habe, aber seine Unbeständigkeit, muß ich sagen, machte mir angst ... Du mußt wissen, wir haben uns getrennt, ohne daß das meiner Zuneigung zu ihm Abbruch getan hätte ...»

«Gut ... Er hat dir nicht vielleicht einen Ring geschenkt, Schmuck oder sonst irgend etwas Wertvolles?»

«Nein ... aber er hat mir versprochen, mich irgendwann einmal auf eine Kreuzfahrt rund um die Welt mitzunehmen. Ich habe noch nie das Meer gesehen, weißt du!»

«Er hat dir nie etwas von einer Goldmine erzählt?»

«Doch, aber ich habe ihn nicht ernst genommen, auch nicht, als er und Vincent sich deshalb gestritten haben. Ich habe geglaubt, sie hätten beide den Verstand verloren.»

«Du magst Vincent nicht, stimmt's?»

«Vielleicht habe ich gestern abend etwas übertrieben ...»

«Du hast mir gesagt, du hättest den Eindruck gehabt, daß ...»

«Gut, das war eine Lüge, ich hab das gesagt, weil ich nicht wollte, daß du dich zu sehr auf ihn konzentrierst. Ich weiß nicht, was genau zwischen ihnen vorgefallen ist, aber ich weiß sehr wohl, daß Vincent Jean-Baptiste uneingeschränkt bewundert hat. Später habe ich darüber nachgedacht, Vincent ist verdammt tief gefallen, und er hat sich nie mehr wieder davon erholt.»

«Und euer Streit gestern morgen?»

«Es ist noch nicht lange her, daß Jean-Baptiste umgebracht wurde, ich bin ausgerastet, das ist alles.»

«Danke, Camille. Machst du mir einen Kaffee, extra stark?»

Camille stand auf und ging langsam zur Theke. Gabriel sah ihr nach, voll rückhaltloser Bewunderung für den anmutigen Schwung ihrer Hüften.

28

PULP und die Opfer der Berge

Gabriel trank seinen Kaffee. Steifer Stock war bei seinem vierten Rosé angelangt, die gelbe Filterzigarette in seinem Mundwinkel dampfte nicht mehr, der Alte schien eingenickt zu sein. Gabriel dachte an die alten Gäule, die sommers wie winters auf der Weide stehen und sich den Hintern abfrieren.

Camille machte sich in der Küche zu schaffen. Beruhigendes Geschirrklappern drang an Pulps Ohr. Die drei Jäger erhoben sich bald darauf und gingen hinaus. Gabriel hätte das gleiche tun und Camilles Abwesenheit ausnutzen können, um in der Nacht zu verschwinden, so wie er gekommen war, wie ein Schmetterling. Doch seine Enttäuschung hielt ihn auf seinem Stuhl fest. Alles für die Katz, murmelte er mit zusammengebissenen Zähnen. Habe ich also Himmel und Erde wegen nichts in Bewegung gesetzt? Er mußte wieder zur Besinnung kommen, er hatte mit beiden Händen im Dreck gewühlt, und es war nichts dabei herausgekommen. Mit jeder Minute, die die Wanduhr anzeigte, entfernte er sich bereits aus dem Biros-Tal. Morgen war ein anderer Tag, weit weg von hier. Morgen früh fuhr ein Bus um 10.08 Uhr nach Toulouse. Eine lange Nacht des Wartens. Er würde, eingemummelt in seinen Daunenschlafsack, in dem Toyota schlafen.

Und dann ließ Gabriel noch einmal seinen Blick umherwandern, erneut musterte er den Wandschmuck, das Jagdhorn, die Fotografie des Bernhardiners … und den Bärenführer in seinem Glasrahmen. Ja, der …

Gabriel stand auf und ging zu dem Bild, um es aus nächster Nähe zu betrachten. Der Bär war nichts als ein Bär, mit einem Beißkorb vor dem Maul und einem Eisenring im Oberkiefer, einem Eisenring, an dem eine Kette hing, eine Kette, die der Mann mit dem Rüschenhemd in der Hand hielt, und der Mann …

Das Gesicht dieses Mannes kam ihm irgendwie bekannt vor. Das Foto war zu Anfang des Jahrhunderts aufgenommen worden, also konnte er ihm offensichtlich nicht begegnet sein. Gabriel kramte in seiner Erinnerung, öffnete und schloß rasch alle Schubladen, er öffnete eine, schloß sie wieder, nein, er öffnete sie erneut, und als hätte man ihm eine glühende Stahlklinge auf die Augen gedrückt, prallte er zurück, ein Schauer lief ihm über den Rücken, großer Gott …

«Camille?»

Camille kam gemächlich zu ihm. Gabriel zeigte unvermittelt auf das Foto mit dem Bärenführer.

«Wer ist das?»

«Der Bärenmensch?»

«Der Bärenmensch?»

«Der Bärenführer, Bärenmensch, wie man hier in der Ariège sagt … Nun, das ist der Großvater von Margot, Victor, Victor Lacoste! Warum fragst du?»

Pulp schluckte. Sein Herz machte bum … bum …

«Was weißt du über ihn?» fragte er mit angehaltenem Atem.

«Nicht viel, da gehst du besser zu Marcel.»

«Marcel Bordenave?»

«Ja, er ist die wandelnde Chronik unseres Tals.»

Marcel Bordenave, der versucht hatte, Gabriel zu treffen. Er wollte *seinen bescheidenen Beitrag* zu seiner Untersuchung leisten … Gabriel sah auf die Wanduhr, es war jetzt kurz nach zehn.

Zwischen der Wanduhr und dem Bärenmenschen hing aber noch ein weiteres Bild, ähnlich dem ersten, abgesehen von einem schwarzen Bändchen in der rechten Ecke. Dieses Detail war Pulp beim ersten Mal entgangen.

Der Radrennfahrer lächelte nach wie vor, was an sich nicht erstaunlich war, nicht mehr als die Tatsache, daß er immer noch denselben Siegerkranz in der Hand hielt. Bum-bum … Bum-bum …

Jean-Baptistes Ziege war Ende August gestorben, *auf den Tag genau eine Woche nach dem Tod von Fernand Eychenne, auf dem Col de Catchaudégué, der Idiot ist mit dem Fahrrad zu Tode gestürzt, auf einer Etappe der Tour de Couserans, unserem kleinen Klassiker* (Régis). *Im nächsten Jahr wollte er* (Jean-Baptiste) *etwas gegen die Tour de France unternehmen! Er behauptete, im August sei er soweit* (Vincent).

«Gibt es ...» Gabriel zögerte. «Gibt es einen Zusammenhang zwischen den beiden Fotos?»

«Na ja, in gewissem Sinne ...»

«In welchem Sinne, Camille?» drängte Gabriel ungeduldig.

«Der Rennfahrer hieß Fernand Eychenne, er stürzte am Col de ...»

«Ich weiß.»

«Nun ja, also, Fernand wollte Margot Lacoste heiraten.»

«Großer Gott!»

Die Lösung! Da war sie, er hatte sie beinahe von Anfang an direkt vor der Nase gehabt!

«Sag mal, Camille, wo wohnt Marcel Bordenave?»

29

PULP *und die Opfer der Berge*

Gabriel stellte den Allrad in Eylie neben der Telefonkabine ab. Einen Moment lang fürchtete er, Marcel Bordenave könne schon schlafen. Durch die Fensterläden drang kein Lichtschimmer. Er klopfte leise an die Haustür. Es war spät, und Gabriel wußte nicht, ob er freundlich empfangen werden würde. Er hielt den Atem an. Durch die dicken Holzwände hörte er gedämpfte Worte.

«Laß, Rosa, ich geh schon.»

Die Tür wurde einen Spaltbreit geöffnet. Marcel Bordenave spähte in die Dunkelheit hinaus, dann legte sich ein breites Lächeln auf sein Gesicht.

«Monsieur Durie! Also, ich hatte schon gedacht, Sie würden nie mehr vorbeikommen! Treten Sie ein ... Treten Sie ein ...»

«Entschuldigen Sie, daß ich Sie so spät störe ...»

Pulp bückte sich ein wenig, um über die Schwelle zu treten.

«Macht nichts! Rosa, bringst du uns einen Pflaumenschnaps?»

«Vielen Dank, Monsieur Bordenave, aber ich trinke keinen Alkohol.»

«Dann vielleicht einen Kaffee?»

«Offen gesagt, ich habe keinen Durst.»

«Ach, diese Wissenschaftler vom Nationalen Forschungszentrum!» rief Marcel Bordenave, voller Stolz, einen von ihnen leibhaftig vor sich zu haben. «Schön, schön ... Ich habe für Sie einige Unterlagen vorbereitet, die für Ihre Studien von großem Interesse sein dürften, insbesondere ein paar Fotos ...»

«Zu liebenswürdig von Ihnen.»

Marcel Bordenave nahm Gabriel am Arm und führte ihn in den Salon. Ein Fernseher verbreitete stumm seine Bilder. Die Einrichtung des Salons war schlicht, zusammengewürfelt und eher ärmlich, verglichen mit der bei Gaston Peyrotet. Rosa entschuldigte sich unter dem Vorwand, noch etwas zu tun zu haben, und die beiden Männer setzten sich an den Tisch, auf dem zwei alte Aktenordner lagen.

«Also dann», begann Marcel Bordenave und schlug ein Fotoalbum auf.

«Eigentlich würde ich heute abend von Ihnen gerne etwas über Bärenführer hören, Marcel.»

Marcel schien von der Bitte nicht überrascht. Er lächelte leutselig, er gehörte zu den Menschen, die ihr Wissen mit Vergnügen weitergeben.

«Ah, die Bärenführer! Die meisten Leute hier in der Ariège haben die Bären getötet, außer … außer in den Tälern von Ustou und dem Garbet, von Seix bis nach Guzet-Neige, von Oust bis Aulus-les-Bains! Dadurch bekamen viele Männer die Möglichkeit, in Amerika ihr Glück zu machen. Zu der damaligen Zeit verdiente ein Volksschullehrer ungefähr eintausendzweihundert Francs im Jahr, während ein Bärenmensch, wie man hier sagt, in einer Saison bis zu dreitausend machen konnte! Natürlich haben nicht alle den Atlantik überquert. Um 1880 gab es fast zweihundert Bärenmenschen.»

«Und wie lange hat sich diese Folklore gehalten?»

«Bis zum Ersten Weltkrieg, und begonnen hatte es um 1835. Folklore … das ist das treffende Wort, aber dahinter verbirgt sich eine schreckliche Realität. Für den Bären war es jedenfalls kein Fest, das schwöre ich Ihnen! Das Bärenjunge wuchs in der Familie auf, es spielte sogar mit den Kindern! Dann wurden ihm die Krallen entfernt, und der Bär mußte das ‹heiße Eisen› über sich ergehen lassen, ihm wurde nämlich ein glühender Eisenring durch den Oberkiefer getrieben, um ihn dazu zu zwingen, aufs Wort zu parieren. Direkt danach begann die Dressur.»

Gabriel wurde etwas unruhig, seine Fragen brannten ihm auf der Zunge. Er wagte einen Vorstoß, entweder es klappte, oder es ging schief.

«Victor Lacoste war so ein Bärenmensch, nicht wahr?»

«Ah! Victor Lacoste! Ich wußte, daß Sie mir diese Frage stellen würden.»

Gabriel hütete sich wohlweislich davor, ihn zu fragen, warum er das gewußt hatte. Übrigens wurde ihm das im nächsten Moment klar.

«Victor Lacoste, ich habe ihn natürlich nicht gekannt, hat direkt nach dem Ersten Weltkrieg im Bergwerk angefangen. Er stammte aus Oust ...»

«Warum ist er ins Bergwerk gegangen, wo er doch Bärenführer war?»

«Genau an dem Tag, als er von der Front heimkehrte, wurde sein Tier von einem Banditen getötet ... ein für die Gattung riesiges Tier, und er hatte ihm – jetzt geben Sie acht! – die Krallen nicht entfernt! Dieser Bär war sein Leben und natürlich sein Broterwerb ... Als das Tier also tot war, konnte er sich nicht dazu aufraffen, einen neuen Bären zu dressieren, und so ging er aus dem Garbet-Tal fort, denn er mußte ja seine Familie ernähren, nicht wahr?»

Das Bergwerk, immer wieder das Bergwerk, man kommt ständig darauf zurück, dachte Gabriel.

«Ein merkwürdiges Schicksal hatte dieser Victor Lacoste! Er arbeitete in der Gegend von Port d'Urets, er arbeitete hart, und eines Tages tötete ihn die Mine, 1926 ... Wissen Sie, wie diese Mine genannt wurde? Die Menschenfresserin!»

«Hat er Kinder hinterlassen?»

«Drei Töchter und einen Jungen, der ihm wenige Monate zuvor noch im hohen Alter geschenkt wurde. Victor Lacoste war fünfundvierzig! Der Sohn hieß René, er hatte zwei Töchter, eine starb mit drei Jahren, die andere lebt noch, Margot Lacoste. Eine Naturgewalt, diese Margot! Sie schlägt ihrem Großvater nach. Sie wurde 1958 geboren.»

«Woran ist René Lacoste gestorben?»

«Bei einem sinnlosen Unfall, 1964, er wurde beim

Holzfällen am Berg von einem Baum erschlagen. Seine Frau Hortense, geborene Marchand, starb vor zwei Jahren.»

«Und was ist aus dem Bären geworden?»

«Nun, er ist tot, was sonst!»

«Ich weiß, aber hat er ihn begraben?»

«Mmmmm ... Es hieß damals, Victor habe ihn eines Nachts auf den Schultern zum Pic de Turguilla geschleppt, um ihn irgendwo dort zu begraben. Es wurde auch erzählt, er habe ihn ausgestopft, ach, es wurde ja so viel erzählt! Aber da es sich nicht in unserem Tal abgespielt hat, weiß man nichts Genaues! ... Möchten Sie ein Foto von mir als jungen Mann sehen?»

Doch Gabriel war aufgesprungen und steuerte bereits auf die Tür zu.

30

PULP und die Opfer der Berge

Kein Wunder, daß Margot am Abend des Mordes nichts gehört hatte, denn sie war es, die den Mord begangen hatte! Großvater Lacoste hatte den Bär nicht irgendwo im Gebirge begraben, er hatte ihn auch nicht ausgestopft. Ganz in der Nähe von Jean-Baptistes Gehöft hatte man ein Fellbüschel an einem Strauch gefunden, von dem Fell eines Bären. Gabriel begriff nun, daß es sich dabei nicht um eine Erfindung von Journalisten gehandelt hatte.

Ungefähr hundert Meter trennten das Gästehaus von Marcel Bordenaves Wohnhaus. Mit Riesenschritten lief Pulp um den Bauernhof herum, doch er bekam Régis nicht zu Gesicht. Er rief nach ihm, vergebens.

Der Stapel *Dépêche* lag nach wie vor neben dem Kamin. Gabriel hockte sich hin und überflog die Ausgaben der zweiten Augusthälfte.

Fernand Eychenne war auf einer abschüssigen Strecke in einer Haarnadelkurve zu Tode gestürzt. Er war nicht der einzige gewesen, der auf den Asphalt gestürzt war, aber er hatte am meisten Pech gehabt: Sein Kopf war mit voller Wucht auf einen Kilometerstein geschlagen, und Fernand war in dem Rettungshubschrauber, der ihn nach Toulouse in die Klinik bringen sollte, seinen Verletzungen erlegen.

Ein verantwortungsloser Mensch, hieß es in einem Artikel, hatte Tapeziernägel auf der Fahrbahn verstreut …

Gabriel drang bei Régis ein. Der Köter bewachte die Tür, na ja, auf seine Weise. Er wedelte freudig mit dem Schwanz, und Gabriel ging an ihm vorbei ins Haus. Er betätigte den Lichtschalter. Er schnappte sich das Gewehr, das an dem Gamsgeweih am Kamin hing. Er stopfte sich Patronen in die Tasche und schloß die Schublade der Kommode wieder. Er stürzte hinaus in die Nacht.

31

Die Schirmmütze auf dem Kopf, begab Gabriel sich auf den Wanderweg GR 10. Er bedauerte bereits, keine Taschenlampe mitgenommen zu haben. Die Nacht war stockdunkel und der Weg gefährlich. Er ging schnell, wie radargesteuert, und mehrmals wäre er beinahe hingefallen. Nach einer Weile blieb er stehen, um zu verschnaufen. Hinter sich hörte er Geräusche, wie bei einem Erdrutsch; das konnte nicht das Echo der Steine sein, die seine eigenen Füße eben losgetreten hatten, als er gestrauchelt war.

Gabriel drehte sich jäh um und richtete das Gewehr aufs Geratewohl in die Dunkelheit. Totenstille. War da jemand? Plötzlich glaubte er rechts neben sich eine Gestalt im Dickicht verschwinden zu sehen. Einige Sekunden lang blieb er auf der Hut, dann war er davon überzeugt, daß seine Phantasie, und nur sie, ihm einen Streich gespielt hatte.

Gabriel setzte seinen Weg fort. Margots Hof war in Sicht. Er war gut auszumachen, die Fensterläden waren nicht geschlossen worden, und das Licht in den Fenstern leuchtete heller als das eines Leuchtturms.

Er lief den Hang hinunter, wobei er häufig umknickte, klammerte sich mit einer Hand an die Sträucher und preßte mit der anderen das Gewehr gegen den Bauch. Pulp war bereit für die Attacke auf den hühnerfressenden Hofhund, doch der Hund zeigte sich nirgendwo. Dagegen hatte er, als er im Innenhof stand, wieder das Gefühl, daß ihm jemand folgte.

Gabriel drehte sich um und fuhr zusammen, soeben hatte er eine riesenhafte Gestalt hinter der Scheune verschwinden sehen. Gabriel ermahnte sich zur Ruhe, ließ den Gewehrlauf nach rechts und links wandern und setzte sich wieder in Bewegung, diesmal jedoch rückwärts. Bis zur Haustür waren es nur noch etwa zwanzig Meter.

Sein Herz klopfte zum Zerspringen, das Blut pochte stoßweise an seinen Schläfen. Er stolperte, fiel hin, rappelte sich wieder auf und wischte sich den Schweiß von der Stirn, und plötzlich hörte er rechts neben sich ganz deutlich schwere Schritte. Darauf folgte ein Stöhnen, das sich sehr bald zu einem Geknurre und dann zu einem Gebrüll auswuchs. Gabriel schluckte und hielt seine Waffe in die Richtung, aus der die Laute des wilden Tieres kamen.

Doch der Bär bewegte sich bereits weiter, beschrieb einen Kreis um Pulp, wobei ihm die Dunkelheit Schutz gewährte.

Gabriel konnte sich noch so sehr einreden, daß die Situation grotesk sei, er bekam doch Schiß. Er ging weiter rückwärts, in wenigen Sekunden würde er in dem Lichtquadrat stehen, das aus den Fenstern auf den Boden fiel. Jetzt herrschte völlige Stille. Erneutes Brüllen. Eine Bewegung etwa fünfzehn Meter rechts von ihm. Kurz darauf eine weitere, zehn Meter links von ihm. Geh in Deckung, hau ab ...

Gabriel schob zwei Patronen in den Lauf. Der Bär spielte mit seinen Nerven. Jedesmal wenn der Sohlengänger sich bewegte, richtete Gabriel seine Waffe auf die Geräusche, allerdings mit einer leichten Verzögerung, dem Bruchteil einer Sekunde, einem Bruchteil, der, wenn seine Aufmerksamkeit nachließ, lebensgefährlich für ihn werden konnte.

Das Schlimmste war, daß er kein Wort herauszubringen vermochte. Was er hätte sagen können, blieb ihm im Halse stecken. Er hatte nicht erwartet, daß er in eine solche Situation kommen könnte. Er hatte den Bären in seiner Höhle überraschen wollen, aber ganz offenbar war der Bär ihm vom Gästehaus her gefolgt, war der Attacke zuvorgekommen. Er hatte geahnt, daß Gabriel heute nacht zu ihm kommen würde ... Gabriel sah Margot wieder vor sich, wie sie dem Huhn den Hals umgedreht hatte. Er versuchte, sie sich mit großen, haarigen Pranken und scharfen Krallen vorzustellen.

Das Tier brüllte erneut auf. Pulp hatte sich bis auf

fünf oder sechs Meter an die Tür herangearbeitet. Hoffentlich war sie unverschlossen, verflixt! Er zählte langsam: eins … zwei … drei …

Gabriel drehte sich blitzschnell um und rannte los, doch im selben Moment tauchte der Bär aus der Dunkelheit auf und stürzte sich auf ihn. Gabriel spannte seine Muskeln an und warf sich gegen die Tür, die unter dem Stoß nachgab. Er flog über die Schwelle, rollte über den Boden.

Der Bär stand in der Türöffnung und beobachtete ihn. Schweigend bewegte er seine Riesenpranken und wackelte mit dem Kopf. Letztendlich ein großes Plüschtier, das Cheryl sicher gerne im Kreise ihrer Känguruhfamilie begrüßt hätte … Ein Tier von beträchtlichen Ausmaßen, mit einem Reißverschluß auf der Brust und Wanderschuhen an den Füßen.

«Das Theater hat lange genug gedauert, Margot!» knurrte Gabriel, während er versuchte, wieder auf die Beine zu kommen.

Der Bär tat einen Schritt zur Seite, wodurch er die Tür freigab, so als wollte er ihm einen Gefallen tun und ihm einen Fluchtweg offenhalten. Aber Gabriel rutschte auf den Terrakottafliesen aus und verlor erneut das Gleichgewicht. Sein Kopf stieß gegen einen Hocker. Er hielt das Gewehr nur noch in einer Hand, den Finger am Abzug. Der Schuß ging von ganz alleine los.

Der Bär, am Bauch getroffen, vollführte eine Art Pas de deux und hielt eine Pranke auf die Wunde. Er hob die Pranke vor die Augen, schien vorwurfsvoll das Blut zu betrachten, mit der das Fell beschmiert war, dann stürzte er zu Boden.

Das Gewehr hatte einen ohrenbetäubenden Lärm verursacht. Gabriel brauchte ein paar Sekunden, um wieder zu sich zu kommen. Dann schaffte er es endlich, sich wieder aufzurichten. Vorsichtig näherte er sich dem Tier, und noch vorsichtiger beugte er sich zu ihm hinunter, streckte die Hand aus und zog den Reißverschluß auf. Nach und nach gelang es ihm, den Pelz zu entfernen und den Kopf zu befreien, den Kopf von …

«Um Gottes willen, Régis!»

32

PULP und die Opfer der Berge

Im Grunde genommen war nichts Überraschendes daran … Régis, Régis Marchand, wie Hortense Marchand, verheiratet mit René Lacoste.

«Hortense Marchand war deine Tante, stimmt's?»

Régis nickte mit schmerzverzerrtem Gesicht.

«Du hast mich von Anfang an zum Narren gehalten … Was ich nicht verstehe, ist, warum du mir von Fernand Eychennes Tod erzählt hast und warum du von Margot gesprochen hast, als wäre sie eine Fremde für dich, wo sie doch deine Cousine ist …»

«Hast du gesehen, wie sie gebaut ist? Mit so einer Cousine kann man nicht angeben … Ich habe immer schon zuviel geredet», fuhr Régis mühsam fort, «aber ich habe dich nicht zum Narren gehalten, ich schwör's dir, ich hatte keine Ahnung … Oh, Scheiße! Mir geht's verdammt dreckig, gib mir Wasser, bitte …»

Gabriel knöpfte Régis' Hemd auf. Eine scheußliche Wunde, die Därme hingen buchstäblich heraus. Trinken ist in solchen Fällen alles andere als ratsam.

«Wasser», stöhnte Régis.

Gabriel stand auf und ging in die Küche. Plötzlich

hatte er eine Vorahnung. Er zögerte einen Moment lang, bevor er die Tür öffnete. Und das mit gutem Grund …

Der hühnerfressende Hofhund hätte alle Mühe der Welt gehabt, auf ihn loszugehen, und zwar aus dem ebenso einfachen wie triftigen Grund, weil er leblos auf den Fliesen lag, mit starrem Blick und heraushängender Zunge. Ein dünner Blutfaden lief über seinen Nacken.

Margot saß am Tisch. Sie hatte sich eine Kugel durch den Kopf gejagt, ihr Oberkörper war nach hinten gekippt, eine Kopfhälfte hatte die Wand hinter ihr vollgespritzt, Spuren von Blut und Hirn liefen in unheilvollen Schlangenlinien über die Tapete. Gabriel berührte ihre Hand, sie war noch warm. Das Gewehr auf dem Tisch verwies darauf, wie sie sich umgebracht hatte. Einwandfrei.

Gabriel hütete sich, das Gewehr anzufassen. Er ging zum Spülstein, ließ Wasser in ein Glas laufen und kehrte dann in das Eßzimmer zurück.

Behutsam feuchtete er Régis' Lippen an und erntete dafür ein dankbares Lächeln.

«Es ist nicht so, wie du glaubst …»

«Du hast Jean-Baptiste nicht getötet.»

«Nein … Margot war heute nachmittag bei mir, kurz nach deiner Abfahrt, sie hat mir erzählt, daß ein großer Kerl ihr Fragen im Zusammenhang mit Jean-Baptiste gestellt habe. Ich habe sie gefragt, was ihr das ausmachen könne, und …»

Régis verzog das Gesicht und hielt sich den Bauch. Das Sprechen bereitete ihm große Mühe, sein Atem ging stoßweise, Gabriel legte ihm die Hand auf die Stirn.

«Dann hat sie mir unter Schluchzen alles erzählt.

Fernand hätte sie niemals geheiratet, das war nur eine blödsinnige Wette, die wir während einer Sauferei abgeschlossen hatten, was Margot aber nicht wußte, sie glaubte wirklich, er würde sie heiraten, und Jean ...»

«Jean-Baptiste hat in seinem Ökologiewahn Fernands Tod verursacht, ohne es zu wollen ...»

«So was konnte auch nur der machen ... Da hat sie sich verkleidet, sie wollte ihm nur einen Schrecken einjagen, nur einen Schrecken einjagen, aber als sie dann in dem Bärenfell steckte, überkam es sie, ihre Wut hat sie übermannt ... Weißt du, es ist ein komisches Gefühl, wenn du da drin steckst ...»

Gabriel ließ ihn wieder zu Atem kommen, während er sich überlegte, daß es auch ein komisches Gefühl war, ein so possierliches Tier auf den Fersen zu spüren.

«Ich habe mich an das erinnert, was ich dir erzählt hatte», fuhr Régis unter großer Anstrengung fort, «ich habe ihr das Fell abgenommen und ihr gesagt, sie solle sich ruhig verhalten, und wenn du wiederkommen würdest, würde ich dir schon Beine machen und du würdest schleunigst verschwinden ... Herrgott noch mal, was bist du hartnäckig! Mir wäre bei so was das Herz in die Hose gerutscht ...»

«Ich werd mal die Ambulanz anrufen ...»

«Nein! Laß mich ruhig sterben ... Hau ab, wenn Margot hier aufkreuzt, könnte es ganz übel ausgehen, es ist besser, wenn du verschwindest ... Entschuldige ...»

«Verdammt, Régis, **du bist ein altes Arschloch**!»

«Au!»

Pulp hatte Tränen in den Augen, jawohl, Tränen in den Augen, und sein trauriges Herz schlug wild, er verfluchte sich und sein Talent, stets und überall nur Chaos zu hinterlassen.

Gabriel befreite Régis aus dem Bärenfell. Dann brachte er das Fell in die Küche, kam wieder zurück und hob Régis' Gewehr vom Boden auf.

Sorgfältig wischte Gabriel die Waffe mit einem Lappen ab und legte sie neben Margot auf den Tisch. Nachdem die Gendarmen sich den Kopf über die grundsätzlichen Fragen zerbrochen haben würden, sagte sich Gabriel, sollten sie sich noch weitere, kompliziertere Fragen stellen. Jedem seine Arbeit. Jedem sein eigener Mist.

Auf dem Kühlschrank lag eine Taschenlampe. Gabriel überzeugte sich davon, daß sie funktionierte, und steckte sie ein. Dann ging er wieder zu Régis zurück, dessen tränennasse Augen auf Todesgedanken schließen ließen.

«Du mußt jetzt Geduld haben, Régis, und hübsch artig sein, erzähl dir etwas und halte durch ... Wenn wir Glück haben, wird die Ambulanz in einer Stunde hier sein, zusammen mit den Gendarmen wahrscheinlich. Wenn sie dich dann später ausquetschen, dann sag ihnen, daß du nicht begreifst, was passiert ist, daß du bei deiner Cousine reinschauen wolltest und sie dir eine Kugel in den Bauch verpaßt hat und daß du immer noch nicht weißt, warum ...»

«Warum die ganze Mühe?»

«Hör auf mich, hab Vertrauen ... Oder wär's dir lieber, daß man dich für den Mörder von Jean-Baptiste hält?»

«Ich habe Jean-Baptiste wirklich gemocht ...»

«Ich weiß, eben darum ...»

«Du solltest nicht hier sein, Margot wird jeden Augenblick zurückkommen ...»

Gabriel fand eine Decke und deckte Régis damit zu. Er tat so, als wollte er ihm mit der Faust ins Gesicht schlagen, grinsend, liebevoll, dann ging er hinaus.

33

Sein Gesicht war schweißüberströmt. Er hatte etwas mehr als zwanzig Minuten gebraucht, eine schöne Leistung. Keuchend warf er zwei Münzen in den Schlitz des vorsintflutlichen Telefons und wählte die 18.

«Jemand hat eine Kugel in den Bauch verpaßt gekriegt», sagte Gabriel ohne Einleitung. «In Eylie. Bei Bertrands Scheunen, neben Laspe.»

«Nennen Sie bitte Ihren Namen, Monsieur ...»

Doch Pulp hatte bereits wieder aufgelegt und kletterte flink in den Toyota.

Er raste mit halsbrecherischer Geschwindigkeit bis zur Abzweigung nach Estoéou. Dort trat er auf die Bremse, aber der Wagen mit Allradantrieb erlaubte es ihm dennoch, die Entfernung, die ihn noch von Laspe trennte, in einer akzeptablen Zeit zurückzulegen.

Er stellte den Motor ab, ließ aber die auf die Scheune gerichteten Scheinwerfer eingeschaltet.

Pulp war sich noch nicht schlüssig. Die Idee war ihm blitzartig durch den Kopf gegangen, nachdem er von Margots Hof fortgefahren war. Und was mache ich jetzt? Gehe ich rein, oder gehe ich nicht rein?

Er sah sich bereits Raymond am Flughafen von Moisselles anrufen.

«Hallo, Raymond! Du kannst dir schon mal das Pedal fürs Seitenruder vornehmen, vielleicht sogar den Steuerknüppel ...»

«Die haben wieder angefangen zu malochen! Die haben die Hose runtergelassen!»

«Raymond, ich red von meiner Polikarpov!»

«Das Pedal fürs Seitenruder, ha, das wird dich 'ne Stange Geld kosten!»

«Zerbrich dir darüber mal nicht den Kopf, Kohle hab ich genug!»

Ja, aber dieser Schatz, der stank gewaltig, das roch man schon von weitem.

Andererseits würde der Schatz irgendwann einem Burschen in die Hände fallen, der ihn nicht unbedingt brauchte, wahrscheinlich einem Jäger, irgend so einem Trottel, davon gab's hier in der Gegend ja jede Menge. Alles, nur das nicht, brummte Gabriel, um sein Gewissen zu beruhigen. Und er stieg aus, schnallte sich seinen Rucksack auf den Rücken und ging, die Taschenlampe fest in der Hand, auf die Scheune zu.

Er ging um den 402 B *Légère* herum. Die Skulptur stand immer noch an ihrem alten Platz. Er hob die Plane an.

Jean-Baptiste war vielleicht nicht für die Bildhauerei begabt gewesen, doch es drängte sich der Gedanke auf, daß er in aller Eile gearbeitet hatte, in Zeitnot. Und auch wenn er vorgehabt hatte, eine abstrakte Skulptur zum Gedenken an seine verstorbene Ziege anzufertigen, hätte er ganz einfach irgendein Stück Eiche bearbeiten können, ohne sich mit Kleben und Schrauben abzuplacken.

Pulp stellte seinen Rucksack auf den Boden und nahm einen Hammer und einen Meißel von der Werkbank. Die verschiedenen Teile der abstrakten Ziege fügten sich an manchen Stellen schlecht ineinander. Gabriel steckte den Meißel in eine der Fugen, den Rest besorgte der Hammer. Die Ziege starb ein zweites Mal, sie brach vor seinen Augen auseinander.

Gabriel suchte das Euter aus dem Trümmerhaufen heraus, ein dickes Euter, länglich und hohl. Er schüttelte es, und heraus fiel ein Jutesäckchen; es war schwer, Gabriel wog es in der Hand: mindestens sechs Kilo. Goldstücke, Schmuck aller Art, Edelsteine.

All das lag jetzt funkelnd auf dem Lehmboden. Gabriel überlegte einen Moment lang, dann bildete er zwei ungefähr gleich große Häufchen. Das erste steckte er wieder in das Jutesäckchen zurück und verstaute es im Rucksack unter seinem Schlafsack. Das zweite Häufchen unterteilte er noch einmal und steckte die beiden etwa gleich großen Teile in zwei Düngemittelsäcke, die er zuvor leerte. Er wollte über sein Vorgehen nicht weiter nachdenken, vielleicht versuchte er ganz einfach nur, seine verfluchten Skrupel gleichmäßig zu verteilen.

Als Gabriel wieder nach Eylie kam, begegneten ihm die Wagen der Ambulanz und der Gendarmerie. Im Bistro *Au Bon Coin* brannte noch Licht. Er schob einen kleinen Zettel in den ersten Düngemittelsack. *Um das Meer zu sehen*, gezeichnet: *Pulp*. Den Sack warf er vor die Tür, und dann fuhr er mit Vollgas davon.

Gabriel fuhr nach Frechendech. Dort stieg er aus und überschritt vorsichtig den Steg, der über das Flüßchen Isard führte. In Vincents Hütte war es still. Lautlos näherte sich Gabriel der Tür und legte den zweiten Sack auf das Treppchen, nicht ohne auch ihm eine gekritzelte Nachricht beizugeben: *Pulp ist nicht nachtragend*.

Dann fuhr Gabriel die letzten Kilometer nach

Saint-Girons. Er fragte sich, ob Régis durchgehalten hatte. Nach seinen Berechnungen mußte die Ambulanz in weniger als einer Stunde an Ort und Stelle eingetroffen sein. Pulp kreuzte Mittel- und Zeigefinger.

Nach Tagesanbruch tankte er voll, stellte den Toyota auf dem Parkplatz vor dem stillgelegten Bahnhof ab und legte die Schlüssel ins Handschuhfach.

Am nächsten Tag rief er aus Paris das Krankenhaus in Saint-Girons an. Eine Telefonistin teilte ihm mit, daß Régis in einem als ‹besorgniserregend› bezeichneten Zustand nach Toulouse gebracht worden war.

Mit zitternden Fingern wählte Gabriel die Nummer des Krankenhauses von Rangueil. Stotternd sagte er seinen Spruch auf. Er meldete sich unter falschem Namen, gab sich als entfernter Verwandter aus und erkundigte sich nach Régis' Gesundheitszustand. Ihr Cousin, sagte eine Krankenschwester, wäre um ein Haar gestorben, aber er ist robust, er wird durchkommen … Pulp stieß einen tiefen Seufzer der Erleichterung aus und legte den Hörer behutsam auf die Gabel.

Wenige Minuten später wählte Gabriel eine weitere Nummer. Es dauerte eine Ewigkeit, bis Raymond sich meldete, und dann auch nur knurrend …

34

PULP *und die Opfer der Berge*

Maria trieb Vlad dazu an, sich so langsam an den Abwasch zu machen, es war schon vier Uhr nachmittags, Léon, der Hund, mußte noch raus zum Pinkeln, und es gab auch noch verschiedenes vorzubereiten. Gérard sah zufrieden zu der geöffneten Registrierkasse hin und lächelte in seinen Schnurrbart, das Geschäft lief wieder gut, es wurde auch langsam Zeit. Heute morgen hatte er ein neues Faß angeschlossen, nun wartete er gelassen auf Pulps Erscheinen.

Pulp trug noch seine Wanderschuhe mit den Vibram-Sohlen. Donnerwetter, dachte Gérard, als er ihn über die Avenue Ledru-Rollin kommen sah, er ist noch gewachsen! Eilig schrieb er mit Kreide auf seine Schiefertafel: *Bier, soviel Pulp will!* Er hängte die Tafel über die Theke und verschränkte die Arme triumphierend über seinem Bierbauch.

Doch Pulp schien diese aufmerksame Geste, die ihm sonst direkt ans Herz gegangen wäre, nicht zu bemerken. Er hatte eine Stinklaune. Er pflanzte sich vor Gérard auf und gab seine Wünsche bekannt:

«Ein *75er,* aber 'n bißchen plötzlich!»

«Wie soll ich dieses Bier denn in Paris auftreiben?»

«Ich wollte dir die Grenzen deiner Freundschaft zu mir aufzeigen.»

«Moment mal, Alter! Ich zeig dir was, da wirst du Augen machen!»

Gérard bückte sich und holte ein kleines Päckchen unter der Theke hervor. Ein Geschenkpäckchen!

«Für mich?»

«Für wen denn sonst?»

Mißtrauisch entfernte Pulp die Verpackung. Ein Stück Ziegenleder mit Aufhänger, darunter die Worte *Lüfte das Leder, und du erblickst das Tier.* Gabriel wollte kein Spielverderber sein und kam der Aufforderung nach, und er erblickte sein schlecht rasiertes Gesicht in einem Spiegel.

«Sehr witzig ...»

Gérard brach in schallendes Gelächter aus.

«Also, was willst du trinken? Unser Haus führt ...»

«... ein köstliches ...»

Zwei köstliche *Leffe* später mäkelte Gérard immer noch herum, was Pulp ernsthaft auf die Nerven zu gehen begann.

«Also, wenn du meine Meinung hören willst, ich glaube nicht, daß Margot Selbstmord begangen hat.»

«Was für eine Erklärung hast du denn sonst parat? Bestimmt hast du eine geniale Idee, nehme ich an ...»

«Ich sage dir, dein Régis ist eine linke Bazille, er hat das alles arrangiert, um dir einen Bären aufzubinden ...»

«Red keinen Quatsch, Gérard!»

«Das paßt doch nicht zusammen! Margot dreht Hühnern den Hals um, als wären's Strandschnekken, und dann macht sie ihrem Leben ein Ende, weil sie Liebeskummer hat!»

«Meinst du, nur weil man groß und stark ist, hat man keinen Liebeskummer?!»

(Bei diesen Worten dachte Pulp auch ein wenig an sich selbst.)

«Tja ... also, ich bleibe dabei, Jean-Baptiste war ein komischer Vogel, das kannst du mir nicht ausreden!»

«Das will ich auch gar nicht, Gérard ...»

Gabriel blickte tief in sein zu drei Vierteln leeres Glas mit dem «Köstlichen». Er war traurig gestimmt, schwermütig. Er hatte nicht einmal versucht, Cheryl zu erreichen, bestimmt war sie weit weg und dachte nicht an ihn. Er fragte sich, wie das nur möglich sei, daß sie nicht an ihn dachte ...

Und dann läutete das Telefon. Gérard bewegte sich schimpfend zum Apparat, wobei er versuchte, ein verräterisches Grinsen, das sich auf seinen Lippen abzeichnete, zu unterdrücken.

«Die ruft jeden Tag an!» sagte er wie zu sich selbst, doch laut genug, damit Pulp es hören konnte. «Das ist keine Liebe mehr, das ist Raserei!»

Gabriel beobachtete ihn, wie er mit düsterem Blick den Hörer abnahm. Gérard winkte ihn zu sich.

Gabriel schleppte seinen Körper zum Apparat.

«Ja ... Oh! ... Ah! ... Nicht möglich! ... Das heißt also, daß ... gar nicht weggewesen? ... Natürlich ... Bis gleich ... **Ich komme**!»

Gabriel legte auf. Gérard, Maria und Léon hingen an seinen Lippen.

«Und?» fragte Gérard.

«Cheryl sagt, ich wär ein Hornochse!»

«Womit sie vielleicht gar nicht so unrecht hat ...»

«Jetzt reicht's aber!»

Doch Gabriel war nicht mehr in der Stimmung, auf die Theke zu hauen. Es gelang ihm nicht, sein Glück zu verbergen.

«Denk bitte daran, deine Klamotten hier abzuholen», sagte Gérard zu ihm, um ihm ein wenig die Laune zu verderben.

«Später, mein Lieber, später!»

Und Pulp grinste genießerisch, die Hände vor dem Bauch gefaltet, die Ellbogen leicht nach hinten gelegt, wie ein guter alter dürrer Buddha.

«Viel Glück», sagte Maria und steckte ihm verständnisvoll ein Kaugummi zu.

Und unter stürmischem Applaus verließ Pulp das *Pied de Porc à la Sainte-Scolasse.*

Vorsatz Dessaint, Pulp und die Opfer der Berge

Die Bierbrauer befanden sich im Streik. Kein Tropfen Bier in ganz Paris … Pulp wirkte wie zusammengesunken unter der Last der ausweglosen Situation …

… Sogar seine langen Tintenfischarme schienen kürzer geworden zu sein. Zerstreut warf er einen Blick in den Parisien … Der Artikel sprang ihm mit einiger Verzögerung ins Auge …

WUNDERLICH TASCHENBUCH

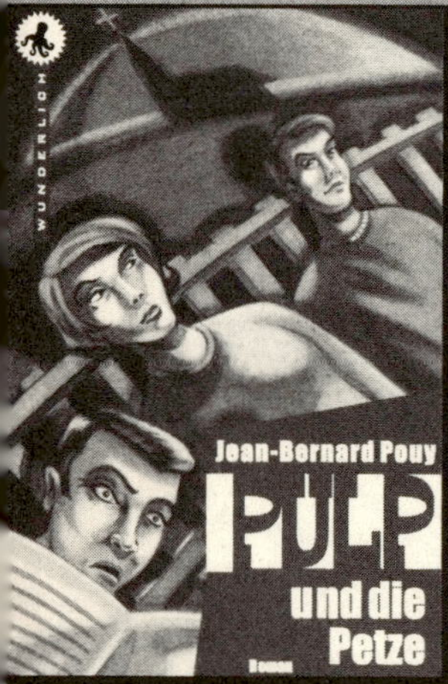

Mai 26051-4

Juni 26052-2

Juli 26053-0

Jeden Monat neu als Wunderlich Taschenbuch.

Pulp. Die Kult-Krimis aus Frankreich.

Wir wünschen gute Unterhaltung!

5020/2

WUNDERLICH
TASCHENBUCH

ust 26054-9 | September 26055-7 | Oktober 26056-5

Jeden Monat neu als Wunderlich Taschenbuch.

Pulp. Die Kult-Krimis aus Frankreich.

Wir wünschen gute Unterhaltung!

5022/2